マジック・ツリーハウス

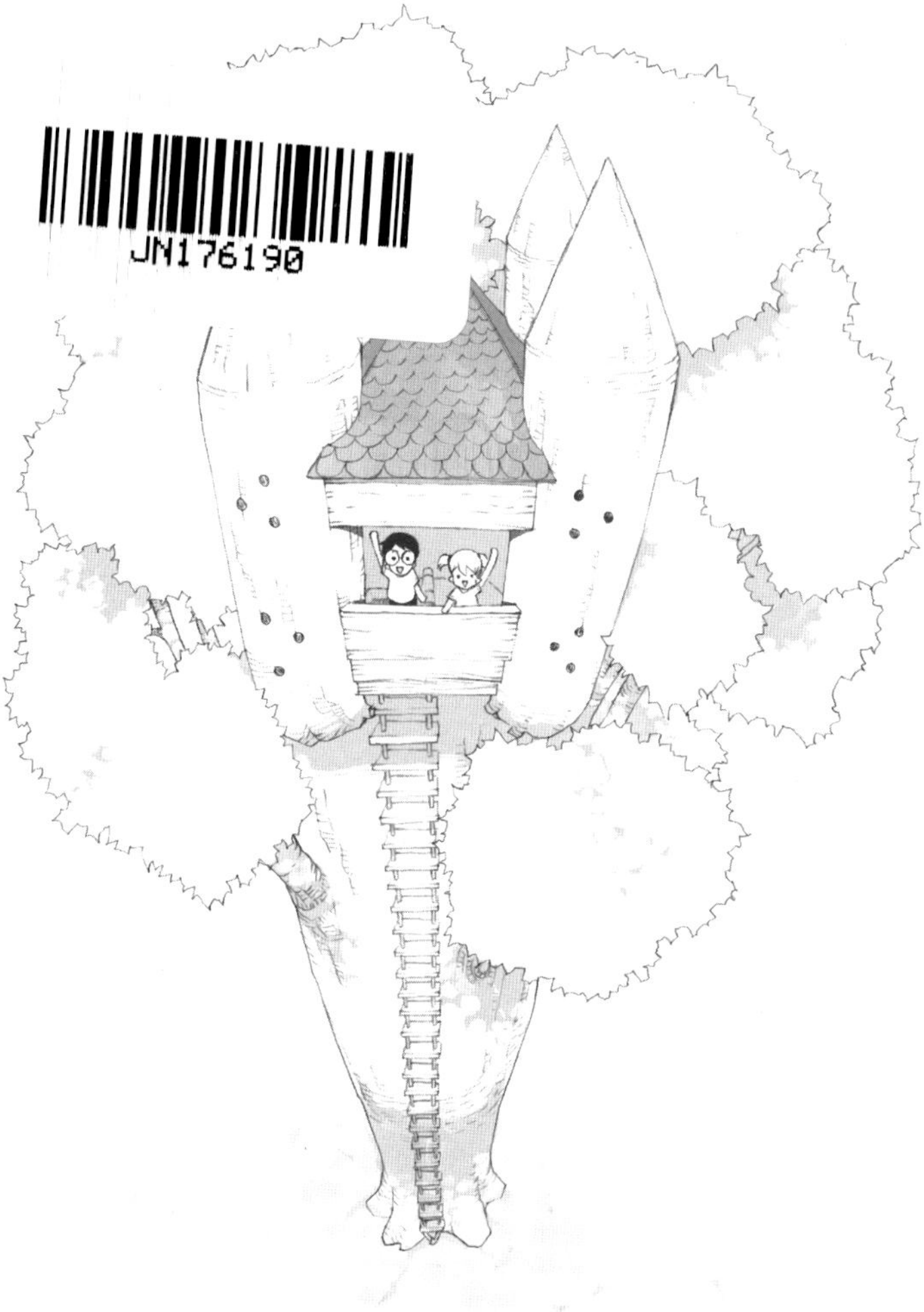

マジックは「魔法《まほう》」。ツリーハウスは「木《き》の上《うえ》の小屋《こや》」。
この物語《ものがたり》は、アメリカ・ペンシルベニア州《しゅう》に住《す》むジャックとアニーが、
魔法《まほう》のツリーハウスで、ふしぎな冒険《ぼうけん》をするお話《はなし》です。

第《だい》二《に》次《じ》世《せ》界《かい》大《たい》戦《せん》の夜《よる》

マジック・ツリーハウス 39

マジック・ツリーハウス39　もくじ

第二次世界大戦の夜《だいにじせかいたいせんのよる》

おもな登場人物《とうじょうじんぶつ》

ジャック

アメリカ・ペンシルベニア州《しゅう》に住《す》む12歳《さい》の男《おとこ》の子《こ》。本《ほん》を読《よ》むのが大好《だいす》きで、見《み》たことや調《しら》べたことを、すぐにノートに書《か》くくせがある。

アニー

ジャックの妹《いもうと》。空想《くうそう》や冒険《ぼうけん》が大好《だいす》きで、いつも元気《げんき》な11歳《さい》の女《おんな》の子《こ》。どんな動物《どうぶつ》ともすぐ仲《なか》よしになり、勝手《かって》に名《な》まえをつけてしまう。

モーガン・ルー・フェイ

ブリテンの王《おう》・アーサーの姉《あね》。魔法《まほう》をあやつり、世界《せかい》じゅうのすぐれた本《ほん》を集《あつ》めるために、マジック・ツリーハウスで旅《たび》をしている。

マーリン

偉大《いだい》な予言者《よげんしゃ》にして、世界最高《せかいさいこう》の魔法使《まほうつか》い。アーサー王《おう》が国《くに》をおさめるのを手助《てだす》けしている。とんがり帽子《ぼうし》がトレードマーク。

テディ

モーガンの図書館《としょかん》で助手《じょしゅ》をしながら、魔法《まほう》を学《まな》ぶ少年《しょうねん》。かつて、変身《へんしん》に失敗《しっぱい》して子犬《こいぬ》になってしまい、ジャックとアニーに助《たす》けられた。

キャスリーン

陸上《りくじょう》にいるときは人間《にんげん》、海《うみ》にはいるとアザラシに変身《へんしん》する妖精《ようせい》セルキーの少女《しょうじょ》。聖剣《せいけん》エクスカリバー発見《はっけん》のときに大活躍《だいかつやく》した。

これまでのお話《はなし》

ジャックとアニーは、ペンシルベニア州《しゅう》フロッグクリークに住《す》む、仲《なか》よし兄妹《きょうだい》。ふたりは、ある日《ひ》、森《もり》のカシの木《き》のてっぺんに、小《ちい》さな木《き》の小屋《こや》があるのを見《み》つけた。中《なか》にあった恐竜《きょうりゅう》の本《ほん》を見《み》ていると、突然《とつぜん》小屋《こや》がぐるぐるとまわりだし、本物《ほんもの》の恐竜《きょうりゅう》の時代《じだい》へと、まよいこんでしまった。この小屋《こや》は、時空《じくう》をこえて、知《し》らない世界《せかい》へ行《い》くことができる、**マジック・ツリーハウス**（魔法《まほう》の木《き》の上《うえ》の小屋《こや》）だったのだ。

ジャックたちは、ツリーハウスで、さまざまな時代《じだい》のいろいろな場所《ばしょ》へ、冒険《ぼうけん》に出《で》かけた。やがてふたりは、魔法使《まほうつか》いのモーガンや、モーガンの友人《ゆうじん》マーリンから、特別《とくべつ》な任務《にんむ》をあたえられるようになった。そして、魔法《まほう》と伝説《でんせつ》の世界《せかい》の友《とも》だち、テディとキャスリーンに助《たす》けられながら、自分《じぶん》たちで魔法《まほう》を使《つか》うことも学《まな》んだのだった――。

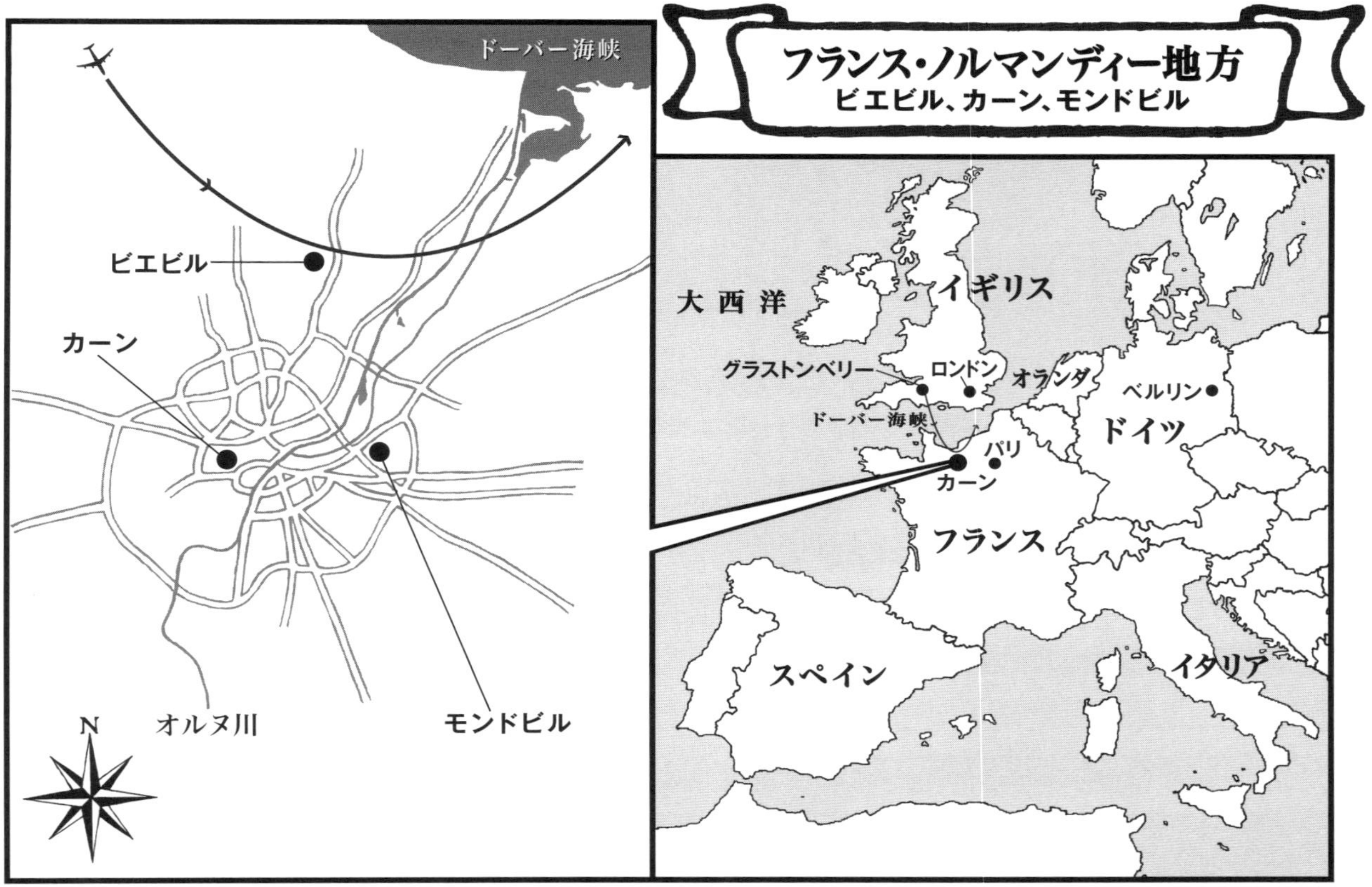
フランス・ノルマンディー地方
ビエビル、カーン、モンドビル
ドーバー海峡
ビエビル
カーン
モンドビル
オルヌ川
N
大西洋
イギリス
グラストンベリー
ロンドン
オランダ
ベルリン
ドーバー海峡
ドイツ
パリ
カーン
フランス
スペイン
イタリア

［第39巻］

第二次世界大戦の夜

だいにじせかいたいせんのよる

伝書鳩《でんしょばと》

すがすがしい初夏《しょか》の日《ひ》の午後《ごご》、ジャックは自分《じぶん》の部屋《へや》で、本《ほん》を読《よ》んでいた。

すると庭《にわ》のほうから、アニーの呼《よ》ぶ声《こえ》が聞《き》こえた。

「お兄《にい》ちゃん！　お兄《にい》ちゃん！」

ジャックは本《ほん》をおいて、窓《まど》から顔《かお》を出《だ》した。

「なんだい、アニー？」

「ああ、お兄《にい》ちゃん。すぐに、おりてきて！」

ジャックは、ため息《いき》をつき、読《よ》んでいたページに、しおりをはさんで閉《と》じた。

「いま、いいところだったのに……。いったい、なんだっていうんだ？」

ジャックは、ぶつぶつひとりごとを言《い》いながら、階段《かいだん》をおりた。

外《そと》に出《で》ると、待《ま》ちかまえていたアニーが、庭《にわ》のほうを指《ゆび》さして言《い》った。

「あそこに、へんな鳥《とり》がいるの！」

見《み》ると、えさ台《だい》に、一羽《いちわ》の鳩《はと》がとまっていた。だが、全身《ぜんしん》が灰色《はいいろ》で、翼《つばさ》に黒《くろ》っぽい羽《はね》がまざった、ふつうの鳩《はと》だ。

　ジャックは、がっかりして言《い》った。

「なんだ、ただの鳩《はと》じゃないか。へんな鳥《とり》って言《い》うから、ぼくはてっきり……」

「でも、見《み》て！　足《あし》になにかついてるの」

「え？」ジャックは、ずり落《お》ちた眼鏡《めがね》をおしあげて、えさ台《だい》の上《うえ》の鳩《はと》を見《み》つめた。

　アニーの言《い》うとおり、足《あし》に、金属《きんぞく》の小《ちい》さな筒《つつ》が取《と》りつけられている。

「あれは伝書鳩《でんしょばと》だ！　写真《しゃしん》では見《み》たことがあるけど、実物《じつぶつ》を見《み》るのははじめてだよ」

「デンショバト？」と、アニー。

「うん。むかし、手紙《てがみ》を運《はこ》ぶのに使《つか》われたんだ。鳩《はと》は、かなり遠《とお》くからでも、自分《じぶん》の巣《す》にちゃんと帰《かえ》ることができる。だから、その習性《しゅうせい》を利用《りよう》して、旅先《たびさき》から鳩《はと》を飛《と》ばして、家《いえ》に手紙《てがみ》を届《とど》けさせたりしたんだよ。『無事《ぶじ》、着《つ》いた』とかね。でも、いまはもう、だれも使《つか》ってない」

「どうして？」

「そりゃ、もっと便利《べんり》な方法《ほうほう》ができたからさ――郵便《ゆうびん》、電話《でんわ》、電子《でんし》メール……」

ジャックは、首《くび》をかしげた。

「その伝書鳩《でんしょばと》が、どうしてここにいるんだろう。だれが飛《と》ばしたのかな？」

それを聞《き》いて、アニーが、はっとした表情《ひょうじょう》で言《い》った。

「郵便《ゆうびん》も、電話《でんわ》も、電子《でんし》メールもない時代《じだい》っていったら……。お兄《にい》ちゃん、もしかしてあの鳩《はと》は、キャメロットからのお使《つか》いじゃない？」

「そうか！　それじゃ、あの筒《つつ》の中《なか》には……」

クルックー！

突然《とつぜん》、鳩《はと》が翼《つばさ》を広《ひろ》げて、飛《と》びあがった。

ふたりの頭《あたま》の上《うえ》をくるりと旋回《せんかい》すると、こんどは、フロッグクリークの森《もり》のほうに飛《と》んでいく。

「お兄《にい》ちゃん、あの鳩《はと》を追《お》いかけましょ！」

「ちょっと待《ま》って！」

ジャックは、家《いえ》の中《なか》にもどると、リュックをつかんで飛《と》びだした。

ふたりは、鳩《はと》を追《お》って走《はし》りだした。

39
ありが
39

クルックー、クルックー！

鳩《はと》にみちびかれて、ふたりは、森《もり》でいちばん高《たか》いカシの木《き》の下《した》までやってきた。

見上《みあ》げると、木《き》のてっぺんに、赤《あか》い屋根《やね》のマジック・ツリーハウスがのっている。

「やっぱり、そうだったわ！」

アニーは、うれしそうに言《い》うと、さっそくなわばしごをつかんで、のぼりはじめた。

ジャックも、すぐあとにつづく。

ひさしぶりのツリーハウス。本棚《ほんだな》も、紙《かみ》や革《かわ》のにおいも、まったく変《か》わっていない。

クルックー！

ふりかえると、さっきの鳩《はと》が窓辺《まどべ》にとまって、ふたりをじっと見《み》つめている。

アニーは、鳩《はと》に近《ちか》づき、やさしく話《はな》しかけた。

「鳩《はと》さん、あなたが足《あし》につけている手紙《てがみ》を、見《み》せてくれる？」

鳩《はと》は、小首《こくび》をかしげて、クルックー！とひと声鳴《こえな》いた。

アニーが、鳩《はと》の足《あし》に手《て》をのばし、筒《つつ》のふたを開《あ》けると、中《なか》に、小《ちい》さな紙《かみ》が、巻《ま》かれてはいっていた。

39
Thank

ジャック、アニー
ぼくとキャスリーンは、いま、人類史上《じんるいしじょう》、最悪《さいあく》の時代《じだい》にいる。
くわしくは書《か》けないが、きみたちの助《たす》けがほしい。
いますぐ、イギリスのグラストンベリーに来《き》てくれ。
この手紙《てがみ》を、鳩《はと》のコマンドーが、ちゃんと届《とど》けてくれますように！
テディより

「テディからの手紙《てがみ》だ！」

ジャックがさけんだ。

テディは、伝説《でんせつ》の都《みやこ》キャメロットに住《す》み、魔法使《まほうつか》いのマーリンとモーガンのもとで、魔法修行《まほうしゅぎょう》をしている少年《しょうねん》だ。キャスリーンは、魔法《まほう》が得意《とくい》な妖精《ようせい》で、ジャックあこがれの美少女《びしょうじょ》だ。

ふたりに会《あ》えると思《おも》うと、ジャックの心《こころ》はおどった。しかし……。

「『人類史上《じんるいしじょう》、最悪《さいあく》の時代《じだい》にいる』って、どういうことだろう？　テディは、ずいぶんあわてて、この手紙《てがみ》を書《か》いたみたいだけど……」

考《かんが》えこんでいるジャックを、アニーがせかした。

「とにかく、イギリスのグラストンベリーっていうところに行《い》けばいいんでしょう？　テディとキャスリーンに会《あ》うの、たのしみだわ」

「そうだね。すべては、ふたりに会《あ》ってからだ」

ジャックは、手紙《てがみ》の「グラストンベリー」の文字《もじ》に指《ゆび》をおいて、呪文《じゅもん》をとなえた。

「ここへ、行《い》きたい――いますぐ！」

そのとたん、風《かぜ》が巻《ま》きおこった。

ツリーハウスが、いきおいよくまわりはじめた。

回転《かいてん》はどんどんはやくなる。

ジャックは思《おも》わず目《め》をつぶった。

やがて、なにもかもが止《と》まり、静《しず》かになった。

なにも聞《き》こえない。

キャスリーンはどこに？

クルックー！

ジャックは、目《め》を開《あ》けた。

鳩《はと》のコマンドーが、飛《と》びたつところだった。

「手紙《てがみ》を届《とど》けてくれて、ありがとう！」

遠《とお》ざかるコマンドーに向《む》かって、アニーが手《て》をふった。

窓辺《まどべ》に立《た》って外《そと》を見《み》ると、ツリーハウスは、大《おお》きなカエデの木《き》の枝《えだ》にのっていた。

あたりは広々《ひろびろ》とした田園《でんえん》で、池《いけ》ではカモが泳《およ》ぎ、牧草地《ぼくそうち》では、羊《ひつじ》が草《くさ》をはんでいる。

牧草地《ぼくそうち》のむこうに、崩《くず》れかけた石《いし》づくりの廃墟《はいきょ》が見《み》えた。

ふと気《き》づくと、ふたりとも、綿《めん》のシャツに、胸《むね》あてのついたオーバーオールを着《き》ている。足《あし》には編《あ》みあげのブーツ。さらにジャックは、帆布《はんぷ》のリュックを背負《せお》っていた。

「テディたちは、どこにいるんだろう」

「さがしに行《い》きましょ！」

ふたりは、なわばしごをおり、牧草地《ぼくそうち》を歩《ある》いて、窓《まど》から見《み》えた廃墟《はいきょ》に向《む》かった。

丘《おか》の下《した》に広《ひろ》がる広大《こうだい》な敷地《しきち》に、灰色《はいいろ》の石壁《いしかべ》がそそり立《た》ち、雄大《ゆうだい》なシルエットを見《み》せている。かつてここには、大《おお》きな建物《たてもの》がいくつも建《た》っていたようだ。アーチ形《がた》の戸口《とぐち》や窓《まど》の形《かたち》は、どこかなつかしい感《かん》じがする。

アニーが、ぐるりと見《み》まわして言《い》った。

「ここ、キャメロットと、雰囲気《ふんいき》が似《に》ているわ」

「うん、そういえばそうだね……。キャメロットは、大《おお》むかしの伝説《でんせつ》の都市《とし》だ。ぼくたちは魔法《まほう》でなんどもたずねているけど、それが実際《じっさい》にイギリスのどこにあったのか、ほんとうのことはだれにもわかっていない。もしかしたら、ここがそうだったのかなあ」

そのとき、ツタにおおわれた壁《かべ》のかげから、ひとりの少年《しょうねん》があらわれた。

「ジャック！　アニー！」

少年《しょうねん》がさけんだ。そばかすだらけの顔《かお》に、くりくりした目《め》。帽子《ぼうし》から、茶色《ちゃいろ》い巻《ま》き毛《げ》がはみ出《だ》している。

「テディ！」

ジャックとアニーは、手《て》をふりながら、テディのもとへかけよった。

テディは、むかしの飛行機乗《ひこうきの》りのようなかっこうをしていた。まえより、すこし背《せ》がのびたように見《み》える。

「ああ、ふたりとも、ほんとに来《き》てくれたんだね！　うん、コマンドーなら、きっときみたちを見《み》つけてくれると思《おも》ったんだ。さすが、特殊部隊《とくしゅぶたい》の兵士《へいし》！」

「と、特殊部隊《とくしゅぶたい》の兵士《へいし》？　あの鳩《はと》が？」

ジャックとアニーは、顔《かお》を見合《みあ》わせた。

「テディ、まさか……また魔法《まほう》で失敗《しっぱい》して、兵士《へいし》を鳩《はと》に変《か》えちゃったの？」

テディは、頭《あたま》をぶんぶんふった。

「ち、ちがうよ！　あれは、正真正銘《しょうしんしょうめい》の鳩《はと》だ。この時代《じだい》、イギリス軍《ぐん》には、二十万羽《にじゅうまんば》の伝書鳩《でんしょばと》がいて、各地《かくち》から、指令《しれい》や伝言《でんごん》を運《はこ》んでくるんだよ。コマンドーは、とくに優秀《ゆうしゅう》なんだ。マジック・ツリーハウスで、未来《みらい》に手紙《てがみ》を届《とど》けられる伝書鳩《でんしょばと》は、そうそういない」

ジャックは、テディのことばが引《ひ》っかかった。

「ねえテディ、さっきから『兵士《へいし》』とか『イギリス軍《ぐん》』とか……。『この時代《じだい》』って、いったいいつのことなんだい？」

テディが、表情《ひょうじょう》を引《ひ》きしめて話《はな》しだした。

「きみたち、〈第二次世界大戦《だいにじせかいたいせん》〉って、知《し》ってるかい？」

ジャックがこたえた。

「うん、歴史《れきし》の授業《じゅぎょう》で勉強《べんきょう》したよ。――二十世紀《にじっせいき》はじめに、世界《せかい》じゅうを巻《ま》きこむ大《おお》きな戦争《せんそう》があった。それが〈第一次世界大戦《だいいちじせかいたいせん》〉。それからしばらくして、さらに大《おお》きな戦争《せんそう》がおきた。それが〈第二次世界大戦《だいにじせかいたいせん》〉だ。第二次世界大戦《だいにじせかいたいせん》のはじまりは、ドイツが領土《りょうど》を広《ひろ》げようとして、まわりの国々《くにぐに》に攻《せ》めいったこと。これに対《たい》して、イギリスやフランスが『連合《れんごう》』を組《く》んで、ドイツと戦《たたか》ったんだ」

そこでジャックは、はっとしてことばを切《き》った。

「テディ、手紙《てがみ》に書《か》いてあった『人類史上《じんるいしじょう》、最悪《さいあく》の時代《じだい》』っていうのは、第二次世界《だいにじせかい》大戦《たいせん》のこと？　そのかっこうは、もしかしてテディも、兵士《へいし》として戦《たたか》っているの？」

「そうなんだ……。いまは一九四四年《ねん》。戦争《せんそう》は、もう五年《ごねん》もつづいている」

テディが、説明《せつめい》をはじめた。

「この時代《じだい》のドイツは、アドルフ・ヒトラーという指導者《しどうしゃ》ひきいる〈ナチス党《とう》〉が、国《くに》を支配《しはい》している。ヒトラーは、ヨーロッパに大帝国《だいていこく》をつくろうとして、つぎつぎとまわりの国々《くにぐに》に攻《せ》めこんでいるんだ」

ジャックとアニーは、テディの説明《せつめい》にうなずいた。

「さらに、ナチスにさからう人々《ひとびと》を捕《つか》まえては、どんどん強制収容所《きょうせいしゅうようじょ》に送《おく》っている。いまやドイツは、海《うみ》をこえて、イギリスにも攻《せ》めこもうとしている。マーリン先生《せんせい》は、未来《みらい》のこの時代《じだい》に来《き》て、第二次世界大戦《だいにじせかいたいせん》のことを知《し》った。そこで、ナチスと戦《たたか》うイギリスの人々《ひとびと》を応援《おうえん》するために、ぼくとキャスリーンを、この時代《じだい》に送《おく》りこんだんだ」

アニーがたずねた。

「それで、テディとキャスリーンは、この時代《じだい》で、なにをしているの？」

「ぼくたちは、イギリスの〈特殊作戦執行部《とくしゅさくせんしっこうぶ》〉で、秘密《ひみつ》の任務《にんむ》についている。つまり――スパイだ」

ジャックは、ごくりとつばを飲《の》みこんだ。

「キャスリーンは、いまどこにいるの？」と、アニー。

テディが声《こえ》を落《お》とした。

「キャスリーンは、いま……行方不明《ゆくえふめい》なんだ」

それを聞《き》いて、アニーがテディにつめよった。

「行方不明《ゆくえふめい》ってどういうこと？　ちゃんと説明《せつめい》して！」

「キャスリーンは、三週間《さんしゅうかん》まえに、秘密《ひみつ》の任務《にんむ》で、ナチスに占領《せんりょう》されたフランスにわたった。一週間後《いっしゅうかんご》、ぼくがむかえに行《い》ったんだけど、キャスリーンは約束《やくそく》の場所《ばしょ》にあらわれなかった。そういうときの決《き》まりで、ぼくは、帰還《きかん》するしかなかった。キャスリーンは、もしもナチスに捕《つか》まったら、命《いのち》の保証《ほしょう》はない。ずっと心配《しんぱい》していたら、今日《きょう》になって、キャスリーンの伝書鳩《でんしょばと》が、手紙《てがみ》を運《はこ》んできたんだよ！」

ジャックとアニーは、ほっとして思《おも》わずため息《いき》をついた。

「よかった！　キャスリーンは無事《ぶじ》なのね？」と、アニー。

「それで、手紙《てがみ》にはなんて書《か》いてあったんだい？」

ジャックも、身《み》を乗《の》りだした。

「ところが……暗号《あんごう》で書《か》いてあって、意味《いみ》がよくわからないんだ」

テディが、ポケットから紙《かみ》きれを取《と》りだして、ふたりに見《み》せた。

魔法《まほう》の杖《つえ》を持《も》ってきて
ケイの眠《ねむ》る地《ち》の東《ひがし》　四・五キロ
川《かわ》のむこうの　ほらの中《なか》
黄色《きいろ》い騎士《きし》と　牛《うし》がいる
岩《いわ》の割《わ》れめは　枝《えだ》の下《した》

「一行《いちぎょう》めの『魔法《まほう》の杖《つえ》を持《も》ってきて』は、ぼくにもわかるよ。キャスリーンはいま、魔法《まほう》の杖《つえ》を必要《ひつよう》としてる」

「ちょっと待《ま》って」ジャックが口《くち》をはさんだ。

「キャスリーンは、自分《じぶん》で魔法《まほう》が使《つか》えるのに、どうして、魔法《まほう》の杖《つえ》が必要《ひつよう》なの？」

「きっと、なにかショックなことがあって、魔法《まほう》が使《つか》えなくなってしまったんだろう。見習《みなら》い魔法使《まほうつか》いには、よくあることなんだ。だから、マーリン先生《せんせい》に、〈ディアントスの杖《つえ》〉をかりてきたよ。きみたちも使《つか》ったことがある、ユニコーンの角《つの》の形《かたち》をした魔法《まほう》の杖《つえ》だ」

アニーが言《い》った。

「杖《つえ》さえ届《とど》ければ、キャスリーンはまた魔法《まほう》を使《つか》えるようになって、フランスを脱出《だっしゅつ》できるのよね？」

「そうだけど……どこへ届《とど》ければいいのかがわからない」

テディは、手紙《てがみ》の二行《にぎょう》めを指《ゆび》さした。

「『**ケイの眠《ねむ》る地《ち》**』というのは、フランスのカーンという町《まち》のことらしい。『ケイ』は、アーサー王《おう》の義理《ぎり》の兄君《あにぎみ》ケイ卿《きょう》のことで、モーガン先生《せんせい》によると、『のちにフランス、ノルマンディー地方《ちほう》のカーンに埋葬《まいそう》される』そうだから」

アニーが手紙《てがみ》を見《み》ながら言《い》った。

「そこまでわかっているなら、かんたんよ。まず、フランスのカーンという町《まち》へ行《い》って、そこから東《ひがし》へ四・五キロ行《い》って、川《かわ》をわたって、そこで、黄色《きいろ》い騎士《きし》と牛《うし》がいるほら穴《あな》を見《み》つければいいんでしょう?」

「だけど、この時代《じだい》に、騎士《きし》なんていないよ」ジャックが指摘《してき》した。

「そこが問題《もんだい》なんだ」テディも言《い》った。

「**『黄色《きいろ》い騎士《きし》と　牛《うし》がいる』**と、**『岩《いわ》の割《わ》れめは　枝《えだ》の下《した》』**――この二行《にぎょう》が、なんのことやら、さっぱりわからない。――それで、きみたちふたりを呼《よ》んだんだ。ジャックとアニーは、なぞをとく名人《めいじん》だからね。ふたりでフランスに行《い》って、キャスリーンをさがしだしてほしいんだ」

「キャスリーンを助《たす》けるためなら、なんでもするよ」ジャックは、力《ちから》をこめて言《い》った。

「かならず杖《つえ》を届《とど》けて、いっしょに帰《かえ》ってくるわ」アニーも、うけあった。

「ありがとう。そう言《い》ってくれると信《しん》じてたよ! それじゃ、さっそく出発《しゅっぱつ》だ!」

テディはそう言《い》うと、大《おお》またで歩《ある》きだした。

闇《やみ》に向《む》かって

廃墟《はいきょ》を出《で》ると、草原《そうげん》に、小《ちい》さな飛行機《ひこうき》が止《と》まっていた。

テディが、飛行機《ひこうき》を指《ゆび》さして言《い》った。

「あれで、きみたちを、フランスまで送《おく》る」

「えっ、あの飛行機《ひこうき》で？」

二個《にこ》のふといタイヤの上《うえ》に、ラグビーボールのようにずんぐりした機体《きたい》がのっている。その鼻先《はなさき》にプロペラがついた、まるでおもちゃのような飛行機《ひこうき》だ。

「この飛行機《ひこうき》は、敵地《てきち》にスパイを送《おく》るのによく使《つか》われるので、〈スパイ・タクシー〉って呼《よ》ばれているんだ。敵《てき》のレーダーが届《とど》かない低空《ていくう》を飛《と》べるし、広《ひろ》い場所《ばしょ》がなくても着陸《ちゃくりく》できるっていう利点《りてん》がある」

「あ、あれは、なん人乗《にんの》りなの？」ジャックが聞《き》いた。

「パイロットを入《い》れてふたりだけど、ぼくたち子《こ》どもなら、三人《さんにん》は乗《の》れる」とテディ。

「ちょ、ちょっと待《ま》って……ということは、テディが、操縦《そうじゅう》するのかい!?」

「そうだよ。特殊作戦執行部《とくしゅさくせんしっこうぶ》にはいってから、一週間《いっしゅうかん》、特訓《とっくん》を受《う》けたんだ」

「たった一週間《いっしゅうかん》！」

テディは、キャメロットで魔法《まほう》をなん年《ねん》も学《まな》んでいるのに、ちっとも上達《じょうたつ》しないのだ。ジャックは、不安《ふあん》になってきた。

「帰《かえ》りはキャスリーンがいるから、ぜんぶで四人《よにん》になるんだよ？」

だが、テディは、あっけらかんとこたえた。

「だいじょうぶさ。ぼくたち四人《よにん》なら、つめてすわれる。もしだめでも、キャスリーンが、ディアントスの杖《つえ》で、なんとかしてくれるよ」

「そ、そんな……」

テディが、手順《てじゅん》の説明《せつめい》をはじめた。

「いいかい。イギリスとフランスのあいだには、〈ドーバー海峡《かいきょう》〉という海《うみ》がある。海峡《かいきょう》をわたったフランス側《がわ》が、〈ノルマンディー地方《ちほう》〉だ。でも、そこはいま、ナチスひきいるドイツ軍《ぐん》に占領《せんりょう》されていて、あちこちに、ナチスのシンボル〈かぎ十字《じゅうじ》〉の旗《はた》がかかげられているし、〈ナチス親衛隊《しんえいたい》〉の兵士《へいし》もいっぱいいいる」

テディが説明《せつめい》をつづける。

「そのなかでも、比較的安全《ひかくてきあんぜん》な小《ちい》さな村《むら》がある。だから、その上空《じょうくう》で、きみたちを落《お》とす」

「お、落《お》とす!?」ジャックは、ぞっとした。

「ああ……パラシュートを着《つ》けるから、だいじょうぶだよ」

(だいじょうぶなわけないよ!)ジャックは、心《こころ》の中《なか》でさけんだ。

「テディはどうするの?」アニーが聞《き》いた。

「きみたちを落《お》としたら、すぐに、イギリスへもどる」

ジャックは、めまいがしてきた。

「で、キャスリーンを無事《ぶじ》に救出《きゅうしゅつ》できたら、その先《さき》はどうするの?」と、アニー。

「無線《むせん》で連絡《れんらく》をくれれば、きみたちがおりた場所《ばしょ》へむかえに行《い》くよ」

「無線《むせん》?」と、ジャック。

「うん。フランス国内《こくない》には、レジスタンスといって、ナチスと戦《たたか》うために、ひそかに活動《かつどう》している人《ひと》たちがいる。彼《かれ》らは、暗号《あんごう》を決《き》めて無線通信《むせんつうしん》で連絡《れんらく》しあっているから、協力《きょうりょく》してくれると思《おも》う」

「どこにいけば、その人《ひと》たちに会《あ》えるの？」と、アニー。

「いつもは、ふつうの市民《しみん》として生活《せいかつ》しているんだ。だから、レジスタンスかどうかを見《み》わけるのは、ちょっとむずかしい。そこで、レジスタンスどうしの合図《あいず》を教《おし》えるよ。いちばんかんたんなのは、このV《ブイ》サインだ」

テディが、人《ひと》さし指《ゆび》と中指《なかゆび》を立《た》てて、V《ブイ》の字《じ》をつくって見《み》せた。

「でも、気《き》をつけて。相手《あいて》が、ナチスのスパイかもしれないからね。サインは、その人《ひと》がレジスタンスだと確信《かくしん》できたときしか、使《つか》っちゃだめだよ」

「わかったわ」アニーがうなずいた。

「それで、無線《むせん》で送《おく》る暗号《あんごう》は、どうするの？」

テディは、ちょっと考《かんが》えてから、こたえた。

「そうだな……『ユニコーンは自由《じゆう》になった』っていうのは、どうだい？　そのあとに、落《お》ちあう日《ひ》と時間《じかん》をつけて」

テディは、荷物《にもつ》の中《なか》から、飛行帽《ひこうぼう》とゴーグルを取《と》りだした。

「それじゃ、したくにかかろう。まずはこれを着《つ》けて」

ジャックは、飛行帽《ひこうぼう》をかぶり、眼鏡《めがね》の上《うえ》からゴーグルを着《つ》けた。

「つぎに、パラシュートを着《つ》ける」

テディが飛行機《ひこうき》の後部座席《こうぶざせき》から、ベルトがいっぱいぶらさがった、大《おお》きなつつみを出《だ》してきた。それを、ジャックとアニーのからだに、ベルトを使《つか》っててきぱきと装着《そうちゃく》する。

「パラシュートは、背中《せなか》のバッグの中《なか》だ。空中《くうちゅう》に飛《と》びだしたら、ゆっくり五《いっ》つかぞえて。それから、このハンドルを思《おも》いきり引《ひ》くと、パラシュートが開《ひら》く」

テディが、ジャックたちの胸《むね》のまえの、金属《きんぞく》の輪《わ》を指《ゆび》さした。

「ああ、そのまえに、飛行機《ひこうき》から飛《と》びおりるときは、間《ま》をあけないこと。ふたりめがぐずぐずしてると、着地点《ちゃくちてん》がはなればなれになっちゃうからね」

つぎに、テディは、写真《しゃしん》のついた小《ちい》さなカードを取《と》りだした。

「これは、にせの身分証明書《みぶんしょうめいしょ》だよ。名《な》まえは、フランス風《ふう》に、『ジャン』と『アンヌ』にしておいた」

「それから、この懐中電灯《かいちゅうでんとう》も持《も》っていって」

ジャックは、懐中電灯《かいちゅうでんとう》を受《う》けとると、リュックの中《なか》にしまった。

「これで準備完了《じゅんびかんりょう》！　さ、飛行機《ひこうき》に乗《の》って！」

テディが、はしごをのぼり、操縦席《そうじゅうせき》にひらりと飛《と》びのった。

ジャックとアニーは、操縦席《そうじゅうせき》のうしろにならんですわった。ただでさえせまいのに、ふたりともパラシュートを着《つ》けているので、ギュウギュウだ。

テディが、操縦席《そうじゅうせき》のボタンやハンドルを操作《そうさ》しながら、言《い》った。

「ああ、そうだ。さっき言《い》いわすれたけど、飛行機《ひこうき》から飛《と》びおりたら、両手《りょうて》と両足《りょうあし》を広《ひろ》げて、下《した》を向《む》いて、背中《せなか》をそらせる」

「ちょちょちょっと待《ま》って！　ノートに書《か》くから、もう一度《いちど》言《い》って！」

ジャックは、あわててノートとえんぴつを取《と》りだした。

「両手両足《りょうてりょうあし》を広《ひろ》げて、下《した》を向《む》いて……」テディが、もう一度《いちど》くりかえした。

二．下《した》を向《む》く
三．背中《せなか》をそらせる

テディがつづける。

「それから、ゆっくり五《いつ》つかぞえて、ハンドルを思《おも》いきり引《ひ》く」

四．五《いつ》つかぞえる
五．ハンドルを引《ひ》く

「降下《こうか》ちゅうは、バタバタしない。着地《ちゃくち》するときは、からだをひねって、横《よこ》に転《ころ》がる」

六．バタバタしない
七．着地《ちゃくち》するときは、横《よこ》に転《ころ》がる

ジャックは、ノートを見《み》ながら、七《なな》つの手順《てじゅん》を、頭《あたま》の中《なか》でなんどもくりかえしてみるが、ぜんぜん覚《おぼ》えられない。

「おっと、あともう一《ひと》つ！」テディが、ふりかえって言《い》った。

「まだあるの!?」

「着地《ちゃくち》して、パラシュートをぬいだら、小《ちい》さく丸《まる》めて、帽子《ぼうし》やゴーグルといっしょにかくすこと。ノートのメモも、やぶいてすてること」

「りょうかい！」アニーが、親指《おやゆび》を立《た》ててこたえた。

テディが、操縦席《そうじゅうせき》の計器《けいき》を指《ゆび》さしながら、声《こえ》に出《だ》して言《い》った。

「燃料《ねんりょう》、オーケー。エンジンオイル、オーケー」

ジャックは、操縦席《そうじゅうせき》をのぞきこんだ。計器《けいき》やスイッチが、ずらりとならんでいる。

これらをぜんぶ、テディはちゃんと操作《そうさ》できるのだろうか。

「テ、テディ、ほんとうに、操縦《そうじゅう》できるんだろうね？」

「うん。魔法《まほう》を覚《おぼ》えるより、かんたんだったよ」テディがこたえた。

エンジンが始動《しどう》した。

ついで、プロペラがまわりはじめる。エンジン音《おん》が大《おお》きくなった。

飛行機《ひこうき》は、草《くさ》の上《うえ》をガタガタ走《はし》りだすと、しだいにスピードをあげていった。

はげしい振動《しんどう》がつづいたのち、突然《とつぜん》、機体《きたい》がふわりと浮《う》きあがった。

テディが、ボタンやレバーをいそがしく操作《そうさ》する。

ぐんぐん高度《こうど》があがり、グラストンベリーの丘《おか》や森《もり》が、視界《しかい》から消《き》えていった。

ジャックの不安《ふあん》はますますふくらんだ。なにか、わすれているような気《き》がするが、思《おも》いだせない。気《き》をまぎらわせるために、ノートを見《み》る。

飛《と》びおりる手順《てじゅん》を、ぶつぶつと復唱《ふくしょう》していると、テディがさけんだ。

「ドーバー海峡《かいきょう》だ！　もうすぐノルマンディー上空《じょうくう》に着《つ》く。降下《こうか》の準備《じゅんび》をして！」

ジャックは、あわててノートとえんぴつをリュックにしまった。手《て》がふるえる。

「あと五秒《ごびょう》！」

ジャックは、恐怖《きょうふ》でガチガチになった。

「窓《まど》を開《あ》けて！」

アニーが、ロックをはずして、窓《まど》を開《あ》けた。

その瞬間《しゅんかん》、ものすごい風圧《ふうあつ》に、おし倒《たお》されそうになった。

エンジンとプロペラの音《おと》が、なん倍《ばい》もの大《おお》きさになって耳《みみ》に飛《と》びこんでくる。

下《した》をのぞくと、そこにはただ闇《やみ》が広《ひろ》がっているだけだ。

(ぼくには無理《むり》だ！　魔法《まほう》でも使《つか》わなければ……)

ふいに、ジャックは、思《おも》いだした——テディから、魔法《まほう》の杖《つえ》を受《う》けとっていない！

思《おも》わず、テディの肩《かた》をつかむ。

「テディ！　魔法《まほう》の……」

だが、その声《こえ》は、テディのさけび声《ごえ》にかき消《け》された。

「**いまだっ、降下《こうか》！**」

テディの号令《ごうれい》に、アニーが、闇《やみ》の中《なか》へ消《き》えていった。

ジャックは、ありったけの声《こえ》でさけんだ。

「**テディ！　杖《つえ》を！**」

「**ジャック！　早《はや》く行《い》けっ！**」

そうだ。すぐに飛《と》びおりなければ、アニーとはなればなれになってしまう！

ジャックは目《め》を閉《と》じ、闇《やみ》に向《む》かって飛《と》びだした。

追《お》っ手《て》

空中《くうちゅう》に飛《と》びだしたとたん、ジャックは、頭《あたま》の中《なか》がまっ白《しろ》になった。

ノートに書《か》いた手順《てじゅん》など、記憶《きおく》からすっかり消《き》えていたが、一《ひと》つだけ、覚《おぼ》えていたことがあった。パラシュートを開《ひら》くハンドルを引《ひ》くことだ。

ジャックは、教《おし》えられた金属《きんぞく》の輪《わ》を手《て》でさぐり、夢中《むちゅう》で引《ひ》っぱった。

バサァッ！と音《おと》がして、頭上《ずじょう》でパラシュートが開《ひら》いた。

その瞬間《しゅんかん》、ジャックは、すごい力《ちから》でからだを引《ひ》っぱられた気《き》がした。

気《き》がつくと、地面《じめん》に向《む》かって、ゆっくりと降下《こうか》していた。

テディの飛行機《ひこうき》のエンジン音《おん》が遠《とお》のき、やがて聞《き》こえなくなった。

空中《くうちゅう》を落下《らっか》しながら、ジャックは、緊張《きんちょう》と不安《ふあん》と、興奮《こうふん》と感動《かんどう》がまざった、なんともいえないふしぎな感覚《かんかく》につつまれていた。

ふと見《み》ると、すこしはなれたところを、アニーがおりていく。

「お兄《にい》ちゃーん！」

アニーの声《こえ》が聞《き》こえたが、ジャックは、返事《へんじ》をするどころではない。

と、突然《とつぜん》、目《め》のまえに草地《くさち》がせまってきた。

（えっ、もう地面《じめん》？）

ぶつかる！と思《おも》った瞬間《しゅんかん》、ジャックは、とっさにからだをひねった。

いきおいあまって、横向《よこむ》きにゴロゴロと転《ころ》がる。

それから、しばらく草《くさ》の上《うえ》にうつぶせになったまま、ハアハアと息《いき》をしていると、また、アニーの声《こえ》が聞《き》こえた。

「お兄《にい》ちゃん！　フランスに、無事到着《ぶじとうちゃく》よ！」

ジャックは、ゆっくりとからだを起《お》こした。

アニーが、パラシュートのベルトをはずして、かけよってきた。

うしろを見《み》ると、ジャックのパラシュートは、草地《くさち》の上《うえ》にだらんと広《ひろ》がっている。

「すごい冒険《ぼうけん》だったわね！　飛《と》びおりるときは、ちょっとこわかったけど、空中《くうちゅう》をゆらゆらおりてくるあいだは、しあわせいっぱいだったわ。ああ、わたし、感動《かんどう》しちゃった！」

アニーが興奮《こうふん》して話《はな》すのを聞《き》きながら、ジャックの心《こころ》は重《おも》くしずんでいた。

「あの、アニー、じつは……まずいことがあるんだ……」

「なに？」

「テディから、ディアントスの杖《つえ》をあずかるのをわすれた」

「……えっ？　まさか！」

「そのまさかだよ。キャスリーンが見《み》つかっても、魔法《まほう》の杖《つえ》がなければ、なんにもならない」

ジャックがうなだれていると、アニーが元気《げんき》よく言《い》った。

「魔法《まほう》を使《つか》えなくても、だいじょうぶよ。なんとかなるわ！　いままでだってなんども、ふたりの力《ちから》で問題《もんだい》を解決《かいけつ》してきたんだから！」

歩《ある》きだそうとするアニーを、ジャックが引《ひ》きとめた。

「ちょっと待《ま》って。まず、パラシュートや帽子《ぼうし》をかくさないと。それから、ここがどこだか、確認《かくにん》しておくんだ」

ふたりは、地面《じめん》に広《ひろ》がったパラシュートをたぐりよせていった。

と、すぐにアニーが、手《て》を止《と》める。

「ねえ、お兄《にい》ちゃん。飛行機《ひこうき》の音《おと》が聞《き》こえない？」

ジャックは耳《みみ》をすました。

ゴォン……ゴォォン……

たしかに、飛行機《ひこうき》のエンジン音《おん》だ。

「テディがもどってきたんだ！　魔法《まほう》の杖《つえ》のことを思《おも》いだしたんだよ！」

ジャックとアニーは、大《おお》よろこびで空《そら》を見上《みあ》げた。

だが、はるか上空《じょうくう》にあらわれたのは、三機《さんき》の編隊《へんたい》だった。

「ちがう！　あれはテディじゃない！　かくれなきゃ！」

ジャックはあわてて、あたりを見《み》まわした。

近《ちか》くには、身《み》をかくせる林《はやし》もない。だが、一本《いっぽん》の道路《どうろ》が通《とお》っていて、道路《どうろ》のわきに、人《ひと》がはいれるくらいのくぼみがあるのが見《み》えた。

「あそこだ！」

ふたりは、パラシュートを半分《はんぶん》引《ひ》きずりながら、くぼみに向《む》かって走《はし》った。

くぼみの中《なか》には、刈《か》りとられた草《くさ》がうずたかく積《つ》まれていた。ふたりは、そこへ飛《と》びこむと、残《のこ》ったパラシュートをかきよせ、胸《むね》にかかえた。その直後《ちょくご》――

ゴオオオ――――ッ

三機《さんき》の戦闘機《せんとうき》が飛来《ひらい》した。低空《ていくう》を飛《と》びながら、地上《ちじょう》をライトで照《て》らしている。機体《きたい》に、ナチスのシンボルマーク〈かぎ十字《じゅうじ》〉が見《み》えた。

飛行機《ひこうき》のエンジン音《おん》が遠《とお》のいたところで、ジャックは、そっとからだを起《お》こした。

「ああ、見《み》つからなくてよかった……」

だが、ほっとしたのもつかの間《ま》、こんどは、走《はし》ってくる車《くるま》の音《おと》が聞《き》こえた。ふり向《む》くと、一本道《いっぽんみち》をヘッドライトが近《ちか》づいてくる。

「かくれて！」

ふたりは、ふたたびくぼみにふせて、息《いき》をひそめた。

車《くるま》は、音《おと》をたてて通《とお》りすぎていった。

あたりに静《しず》けさがもどってからも、ふたりはしばらく動《うご》けなかった。

遠《とお》くで、犬《いぬ》の鳴《な》き声《ごえ》が聞《き》こえる。

「もう、だいじょうぶだろう」

ジャックが、ふうっと息《いき》をはき、立《た》ちあがった。

「今夜《こんや》はどこかに身《み》をかくして……朝《あさ》になったら、カーンの町《まち》を目《め》ざそう」

だが、アニーが、草《くさ》の中《なか》にうずくまったまま、動《うご》こうとしない。

「アニー、どうした？」

見《み》ると、がたがたふるえている。

ジャックは、目《め》をうたがった。

アニーはいつもこわいもの知《し》らずで、パラシュートで落下《らっか》するときも、なんのためらいもなく、飛《と》びだしていったというのに……。

ジャックは、アニーの横《よこ》にしゃがんで、そっと肩《かた》をだいた。

するとアニーが、小《ちい》さな声《こえ》で言《い》った。

「わたし、こわい……。このあいだ、『アンネの日記《にっき》』っていう本《ほん》を読《よ》んだの。そこに出《で》てくるユダヤ人《じん》の家族《かぞく》も、ナチスに見《み》つからないように、かくれて暮《く》らすの。物《もの》音《おと》ひとつにも、おびえて……。いまのわたしたちとおんなじよ。お兄《にい》ちゃん、ナチスに見《み》つかったら、どうしよう……」

アニーの気《き》もちは、ジャックにもよくわかった。

これまでふたりは、マジック・ツリーハウスで冒険《ぼうけん》をしながら、おそろしい思《おも》いもたくさんしてきた。だが、「ナチスに捕《つか》まるかもしれない」という恐怖《きょうふ》は、これまで経験《けいけん》したことのないものだ。

しかし、だからといって、ここで逃《に》げだすわけにはいかない。

ジャックは、勇気《ゆうき》をふるいたたせた。

「アニー、こわいのは、ぼくもおなじだ。だけど、さっき、アニーも言《い》ったじゃないか。『いままでだってなんども、ふたりの力《ちから》で問題《もんだい》を解決《かいけつ》してきた』って」

アニーが、下《した》を向《む》いたままうなずいた。

「こんどもきっと、うまくいく。ぼくたちには『キャスリーンをかならず助《たす》けだす』っていう信念《しんねん》があるんだ。それさえあれば、どんな困難《こんなん》も乗《の》りこえられる。道《みち》はかならず開《ひら》けるよ！」

「そうね……」アニーは、顔《かお》をあげた。

「とにかく、安全《あんぜん》な場所《ばしょ》をさがしに行《い》こう。でも、そのまえに、これをかくさないと」

ジャックが、腕《うで》にかかえたパラシュートを、持《も》ちあげて見《み》せた。

「このくぼみの、草《くさ》の中《なか》は？」と、アニー。

「いい考《かんが》えだ」

ジャックとアニーは、持《も》っていたパラシュートを、草《くさ》の中《なか》にかくした。飛行帽《ひこうぼう》とゴーグルも取《と》って、草《くさ》の下《した》につっこんだ。

「おっと、ぼくのメモも！」

ジャックは、リュックの中《なか》からノートを引《ひ》っぱり出《だ》した。そして、飛行機《ひこうき》から飛《と》びおりる手順《てじゅん》を書《か》いたページをやぶり、細《こま》かくちぎって、草《くさ》の下《した》にまぜこんだ。

「これでよし、と」

つぎにジャックは、懐中電灯《かいちゅうでんとう》を出《だ》して、道路《どうろ》のはしに立《た》つ表示板《ひょうじばん》を照《て》らした。

〈ビエビル〉と書《か》いてある。

道路《どうろ》を左右《さゆう》に見《み》わたすと、白《しろ》い教会《きょうかい》があった。

「アニー、いっしょに覚《おぼ》えて。テディにむかえに来《き》てもらう場所《ばしょ》は、〈ビエビル〉という町《まち》の、白《しろ》い教会《きょうかい》のそばの草地《くさち》、だ」

アニーが、だまってうなずいた。

「道路《どうろ》を歩《ある》くと見《み》つかりやすいから、さけていこう」

ジャックは、あたりにだれもいないことを確認《かくにん》すると、アニーの手《て》を取《と》って道路《どうろ》をわたり、草地《くさち》を横切《よこぎ》って、森《もり》の中《なか》へとはいっていった。

森《もり》の中《なか》はまっ暗《くら》だったが、懐中電灯《かいちゅうでんとう》はつけなかった。

落《お》ち葉《ば》や、つる草《くさ》や、木《き》の根《ね》をふみながら、ふたりは慎重《しんちょう》に進《すす》んでいった。

森《もり》を抜《ぬ》けると、こんどは広々《ひろびろ》とした畑《はたけ》に出《で》た。

植物《しょくぶつ》をはわせた垣根《かきね》が、なん列《れつ》もならんでいる。

「これは、ブドウ畑《ばたけ》だな」とジャック。

畑《はたけ》をかこむ柵《さく》にそって歩《ある》いていくと、アニーがジャックの腕《うで》を引《ひ》っぱった。

「声《こえ》が聞《き》こえる。うしろから、だれか来《く》るわ」

ふたりは、耳《みみ》をそばだてた。

森《もり》の中《なか》から、犬《いぬ》をつれた数人《すうにん》の男《おとこ》の声《こえ》が聞《き》こえてきた。

「パラシュート」「ふたりづれ」と言《い》っている。

「わたしたちをさがしてるんだわ！」

アニーが、泣《な》きそうな声《こえ》で言《い》った。

「畑《はたけ》をつっきろう！」

ジャックとアニーは、柵《さく》を乗《の》りこえ、ブドウの垣根《かきね》のあいだを全力《ぜんりょく》で走《はし》った。

畑《はたけ》の先《さき》に、農家《のうか》があった。母屋《おもや》の煙突《えんとつ》から、煙《けむり》がのぼっている。

うしろからは、ワンワンという犬《いぬ》の鳴《な》き声《ごえ》が、近《ちか》づいてくる。

「こっちだ！」

ジャックは、母屋《おもや》の横《よこ》にある納屋《なや》へ、アニーを引《ひ》っぱっていった。

納屋《なや》の扉《とびら》は、大《おお》きくて重《おも》かった。ふたりは力《ちから》を合《あ》わせて、すこしだけ扉《とびら》を開《あ》け、中《なか》にすべりこんで扉《とびら》を閉《し》めた。

懐中電灯《かいちゅうでんとう》をつけてみると、納屋《なや》の中《なか》には、馬《うま》が二頭《にとう》つながれていた。二頭《にとう》は、突然《とつぜん》の侵入者《しんにゅうしゃ》を、めずらしそうに見《み》つめている。

奥《おく》のほうに、干《ほ》し草《くさ》が積《つ》みあげられていた。

「お兄《にい》ちゃん、あの干《ほ》し草《くさ》のかげは?」と、アニー。

「よし、いそごう!」

ふたりは、干《ほ》し草《くさ》の山《やま》によじのぼり、そのむこうにすべりおりると、懐中電灯《かいちゅうでんとう》を消《け》して、じっと息《いき》をひそめた。

しばらくすると、納屋《なや》の外《そと》から、男《おとこ》たちの声《こえ》や犬《いぬ》のほえ声《ごえ》が聞《き》こえてきた。

馬《うま》たちは、落《お》ちつきをなくして、足《あし》をばたばたさせている。

納屋《なや》の扉《とびら》が、バーン!と音《おと》をたてて開《ひら》いた。

犬《いぬ》のハッ、ハッ、という息《いき》づかいが聞《き》こえてきた。

「ルドルフ! 行《い》け!」

合図《あいず》の声《こえ》で、犬《いぬ》が、納屋《なや》の中《なか》をかぎまわりはじめた。

ふたりは、できるだけ息《いき》を殺《ころ》し、からだをちぢめていたが、さすがに犬《いぬ》の嗅覚《きゅうかく》にはかなわない。

目《め》のまえにシェパードがあらわれたとき、ジャックは思《おも》わず声《こえ》をあげそうになった。

シェパードが、歯《は》をむき出《だ》し、グルルルル!とうなった。

突然《とつぜん》、アニーが犬《いぬ》に向《む》かって手《て》をのばし、小《ちい》さな声《こえ》で話《はな》しかけた。

「ルドルフ、いい子《こ》ね。よしよし……」

シェパードは、うなるのをやめ、アニーの顔《かお》に鼻面《はなづら》をよせて、くんくんとにおいをかぎはじめた。

アニーは、犬《いぬ》の耳《みみ》もとに口《くち》をつけ、もう一度《いちど》なにかささやいた。

すると、犬《いぬ》はアニーの顔《かお》をぺろりとなめ、おとなしく戸口《とぐち》のほうへもどっていった。

「ここには、いないか」

男《おとこ》の声《こえ》がし、まもなく、納屋《なや》の扉《とびら》が閉《し》まる音《おと》がした。

追《お》っ手《て》の声《こえ》が遠《とお》ざかってからも、ジャックとアニーは、身《み》じろぎもできなかった。

しばらくして、ジャックはようやく、からだの力《ちから》を抜《ぬ》いた。

「アニー……、いったい、あの犬《いぬ》になんて言《い》ったんだい？」

アニーは、肩《かた》をすくめてこたえた。

「『わたしたちは、友《とも》だちよ』って」

妹《いもうと》が、どんな動物《どうぶつ》ともすぐに仲《なか》よくなれる才能《さいのう》の持《も》ち主《ぬし》で、ほんとうによかった、と、ジャックは思《おも》った。

「でも、ここもあぶないわね。いまのうちに逃《に》げましょ！」

犬《いぬ》と話《はな》したことで、アニーはすっかり、元気《げんき》と自信《じしん》をとりもどしていた。

「よし！」

そう言《い》って、ジャックが立《た》ちあがったときだった。

ギギギーと音《おと》がして、納屋《なや》の扉《とびら》がふたたび開《あ》いた。

ふたりは、あわててもう一度《いちど》しゃがみこみ、息《いき》をひそめた。

納屋《なや》の壁《かべ》を、カンテラの光《ひかり》がはう。くつ音《おと》が、だんだん近《ちか》づいてくる。

ジャックは目《め》をつぶり、（どうか、見《み》つかりませんように！）と、ひたすら祈《いの》った。

しかし――

「やっぱり、ここか」野《の》ぶとい声《こえ》がした。

おそるおそる見上《みあ》げると、干《ほ》し草《くさ》の山《やま》の上《うえ》から、あごひげを生《は》やした男《おとこ》がのぞいていた。

ガストンとシュゼット

「立《た》て」

ジャックは、恐怖《きょうふ》でかたまってしまった。

だが、アニーはなにを思《おも》ったのか、ぱっと立《た》ちあがると、男《おとこ》に向《む》かってV《ブイ》サインをして見《み》せた。

（ア、アニー！　気《き》でもくるったのか!?）ジャックはふるえあがった。

ひげの男《おとこ》は、アニーをじっと見《み》すえている。

だが、つぎの瞬間《しゅんかん》、男《おとこ》はにやりと笑《わら》って、V《ブイ》サインをかえしてきた。

ジャックは、信《しん》じられなかった。この人《ひと》は、ほんとうにレジスタンスなのか？

「ガストン」

納屋《なや》の戸口《とぐち》から、女《おんな》の人《ひと》の声《こえ》がした。「いたの？」

男《おとこ》の奥《おく》さんのようだ。

男《おとこ》は、奥《おく》さんのほうに「待《ま》て」と合図《あいず》をすると、ジャックたちにたずねた。

「おまえたち、名《な》まえは？」

「ジャ……ジャ……ジャ……」

ジャックが口《くち》ごもっていると、アニーがこたえた。

「ジャンと、アンヌです」

「そりゃ、ほんとうの名《な》まえじゃねえだろう？」と、ガストン。

「はい、じつはそうなんです。ほんとうの名《な》まえは、ジャックとアニー。どうぞよろしく」

アニーがあっさり本名《ほんみょう》を明《あ》かしてしまったので、ジャックはあわてた。

ガストンが、さらに質問《しつもん》する。

「それで、おまえたちは、どうしてここにいるんだ？」

「わたしたち、ナチスに追《お》われて……」

「そんなら、ここに逃《に》げこんだのは、正解《せいかい》だったな」

ガストンが言《い》うと、奥《おく》さんも近《ちか》づいてきた。茶色《ちゃいろ》の髪《かみ》をスカーフでつつんだ奥《おく》さんは、意志《いし》の強《つよ》そうな、それでいて、やさしそうな目《め》をしていた。

「ここは安全《あんぜん》だから。あたしはシュゼット。こっちは夫《おっと》のガストンよ」

「はじめまして」と、アニーがあいさつした。

「とにかく、母屋《おもや》へ行《い》きましょう」

シュゼットにうながされ、ジャックとアニーは、納屋《なや》の戸口《とぐち》へ向《む》かった。

納屋《なや》を出《で》る直前《ちょくぜん》に、ガストンはカンテラの火《ひ》を消《け》し、ジャックとアニーをふりかえって「静《しず》かに」というしぐさをした。

四人《よにん》は、月明《つきあ》かりだけをたよりに、母屋《おもや》に移動《いどう》した。

母屋《おもや》は石《いし》づくりで、天井《てんじょう》の低《ひく》い小《ちい》さな家《いえ》だった。

キッチンとリビングを兼《か》ねた部屋《へや》のまん中《なか》に、大《おお》きな木《き》のテーブルがおかれている。明《あ》かりといえば、テーブルの上《うえ》のろうそくと暖炉《だんろ》の火《ひ》だけだ。

暖炉《だんろ》の中《なか》につりさげられた鍋《なべ》で、シチューが煮《に》えていた。

おいしそうなにおいをかいだとたん、ジャックは、警戒心《けいかいしん》がとけていく気《き》がした。

ガストンが母屋《おもや》の戸口《とぐち》に鉄《てつ》のつっかえ棒《ぼう》をし、窓《まど》のおおいをおろしたところで、シュゼットが口《くち》を開《ひら》いた。

「さあ、ここにすわって。あたしたち、これから夕食《ゆうしょく》なの。いっしょに食《た》べましょう」

「ありがとうございます」

ふたりは礼《れい》を言《い》って、テーブルについた。

「これは、うちでしぼったりんごジュースだ」

ガストンが、大《おお》きなカップに、りんごジュースをそいでくれた。

シュゼットが、シチューのはいった大皿《おおざら》とパンを、ひとりひとりのまえにおく。

シュゼットがすわり、四人《よにん》は静《しず》かに食事《しょくじ》をはじめた。

食《た》べおわると、ガストンがくつろいだ姿勢《しせい》で、ふたりに話《はな》しかけてきた。

「おまえたち、さっき、ナチスに追《お》われてたと言《い》ったが、やつらがさがしてたのは、おまえたちじゃねえ。この先《さき》に、パラシュートで降下《こうか》したイギリスのスパイがいたらしくてな」

「そ、それ、ぼくたちです」ジャックがこたえた。

「はっ？　まさか！」ガストンは、頭《あたま》から信《しん》じていないようだった。

「おまえたちみたいな子《こ》どもが、パラシュートで敵地《てきち》に潜入《せんにゅう》したりするもんか」

「でも、わたしたちなの」と、アニーも言《い》った。「わたしたち、イギリスの特殊作戦執行部《とくしゅさくせんしっこうぶ》に知《し》りあいがいて、極秘《ごくひ》の任務《にんむ》をたのまれたんです」

シュゼットが、あきれたように言《い》った。

「まったく……こんな子《こ》どもに任務《にんむ》をたのむほど、イギリスは人員不足《じんいんぶそく》なのかい？」

「い、いえ、そういうことでは……」

ジャックが否定《ひてい》すると、アニーが説明《せつめい》した。

「わたしたちの親友《しんゆう》が、フランスで助《たす》けを求《もと》めているというので、特別《とくべつ》にたのまれたんです。その親友《しんゆう》は、カーンという町《まち》の東《ひがし》四・五キロあたりにいるらしいんです」

「カーンは、ここから南《みなみ》に六キロほどだ。それほど遠《とお》くねえ」と、ガストン。

「でも――」と、シュゼットが口《くち》をはさんだ。「カーンには、ナチス親衛隊《しんえいたい》がいっぱいいて、通行人《つうこうにん》はかならず調《しら》べられるよ。あんたたち、身分証明書《みぶんしょうめいしょ》は持《も》ってるかい？」

「はい、持《も》ってます」

「それなら、いいわ」

そこで、ガストンが立《た》ちあがって言《い》った。

「それじゃあ、今晩《こんばん》おまえたちが寝《ね》るところへ、案内《あんない》しよう」

ジャックとアニーも立《た》ちあがった。

「夕食《ゆうしょく》、ごちそうさまでした」と、アニーが言《い》うと、シュゼットがこたえた。

「いいんだよ。勇敢《ゆうかん》な子《こ》どもたちの世話《せわ》ができて、あたしたちもうれしいよ」

「さあ、こっちだ」

ガストンが、ジャックとアニーを、キッチンのとなりの食料貯蔵室《しょくりょうちょぞうしつ》へと案内《あんない》した。

敷物《しきもの》をどけて、床《ゆか》の扉《とびら》を引《ひ》きあげると、地下室《ちかしつ》への階段《かいだん》があらわれた。

ガストンが、カンテラを持《も》って、階段《かいだん》をおりていく。ジャックとアニーは、あとにつづいた。

地下室《ちかしつ》は、ワイン貯蔵庫《ちょぞうこ》になっていて、壁《かべ》の棚《たな》に、何百本《なんびゃっぽん》というワインのびんが、ぎっしりつまっていた。

「いま、シュゼットが毛布《もうふ》を持《も》ってくる。明《あ》かりは、これを使《つか》うといい」

ガストンはそう言《い》って、細長《ほそなが》いテーブルの上《うえ》にカンテラをおき、階段《かいだん》をもどっていった。途中《とちゅう》で、ふりかえりもせずに右手《みぎて》をあげ、「おやすみ」と言《い》った。

「おやすみなさい」ジャックとアニーは、声《こえ》を合《あ》わせてこたえた。

ガストンが行《い》ってしまうと、アニーはすぐに、テーブルのまえのいすにすわった。

テーブルの上《うえ》にある紙《かみ》のたばと、木《き》の箱《はこ》が気《き》になったようだ。箱《はこ》を開《あ》けると、中《なか》には、ゴムのはんこのようなものがたくさんはいっていた。

「これ、なにかしら」

アニーが、箱《はこ》から一《ひと》つ、つまみあげ、カンテラのそばに持《も》っていった。

「H《エイチ》……」

アニーが、べつのはんこを取《と》りあげた。「これはM《エム》……」

ジャックも興味《きょうみ》をそそられ、そばに行《い》った。

「これは……D《ディー》……だけど、左右《さゆう》が逆《ぎゃく》だ」と、ジャック。「これは、S《エス》だけど、これも逆《ぎゃく》……。そうか、わかったぞ。これは印刷用《いんさつよう》の活字《かつじ》だ」

「お兄《にい》ちゃん、これ見《み》て！」

紙《かみ》のたばを見《み》ていたアニーが、そのうちの一枚《いちまい》をジャックに見《み》せた。紙《かみ》には、こう書《か》いてある。

希望《きぼう》と勇気《ゆうき》をもて
勝利《しょうり》は近《ちか》い！

「これ、フランス人《じん》へのビラね。ガストンさんたちがくばっているのかしら」

そこへシュゼットが、毛布《もうふ》をかかえて、階段《かいだん》をおりてきた。アニーがビラを手《て》にしているのを見《み》ると、毛布《もうふ》をかかえたまま、テーブルのわきまで来《き》て言《い》った。

「そのビラを作《つく》ったのは、あたしたちのふたごの息子《むすこ》、ルカとテオだよ。あの子《こ》たちは、レジスタンスの伝令《でんれい》だったのさ」

「『伝令《でんれい》』？」と、ジャック。

「そう。レジスタンスのグループからグループへ、自転車《じてんしゃ》で指令《しれい》を伝《つた》えてまわってたの。そのかたわら、市民《しみん》を勇気《ゆうき》づけるビラを作《つく》って、ないしょでくばったり、市内《しない》に張《は》りだしたりしてたのさ。だけど、それを見《み》てた人《ひと》がいて……」

「それで、どうしたんですか？」と、アニー。

「密告《みっこく》されたんだよ。手配《てはい》されて、三《さん》か月《げつ》まえ、逮捕《たいほ》されたっていう知《し》らせが……」

シュゼットは、大《おお》きくため息《いき》をついた。

「いまごろどこにいるのか……。生《い》きているかどうかも、わからない。でも、そんなことで、あたしたちはひるまないわ。ナチスの思《おも》いどおりになんて、させるものですか」

そう言《い》ってから、シュゼットは話題《わだい》を変《か》えた。

「さあさ、そんなおしゃべりより、あんたたちの寝床《ねどこ》を作《つく》らなくちゃ」

ジャックとアニーは、シュゼットが床《ゆか》に毛布《もうふ》を広《ひろ》げるのを手伝《てつだ》った。

「こんなすりきれた毛布《もうふ》一枚《いちまい》で悪《わる》いけど、ここなら安全《あんぜん》だから」

「助《たす》かります」と、ジャックが礼《れい》を言《い》った。

「それじゃ、よく寝《ね》るんだよ。明日《あした》は、親友救出《しんゆうきゅうしゅつ》の大仕事《おおしごと》があるんだから」

シュゼットは、そう言《い》い残《のこ》して階段《かいだん》をのぼっていった。

天井《てんじょう》の扉《とびら》が閉《し》められ、ジャックとアニーは、ふたりきりになった。

ブーツをぬぎ、毛布《もうふ》の上《うえ》に横《よこ》になると、ジャックのまぶたはもう重《おも》くなっていた。

「息子《むすこ》さんが、ふたりとも、どうなったかわからないなんて、シュゼットさんたち、かわいそう」と、アニーが、ひとりごとのように言《い》った。

「うん……」

自分《じぶん》たちの命《いのち》を危険《きけん》にさらしてまで、みんなに希望《きぼう》と勇気《ゆうき》をあたえようと活動《かつどう》していたルカとテオ。息子《むすこ》ふたりが捕《つか》まっても、見《み》ず知《し》らずのジャックたちを助《たす》けてくれるガストンとシュゼット夫妻《ふさい》。

なんて勇敢《ゆうかん》な家族《かぞく》だろう。

ジャックは感動《かんどう》し、心《こころ》からありがたいと思《おも》った。

「カーンはここから遠《とお》くないって、ガストンさんが言《い》ってたわね」と、アニー。

「明日《あした》ガストンさんたちに、キャスリーンの暗号《あんごう》のことも聞《き》いてみよう……」

「いい考《かんが》えだと思《おも》うわ……」

アニーの声《こえ》を聞《き》きながら、ジャックは眠《ねむ》りに落《お》ちていった。

無線通信《むせんつうしん》

「ジャック、アニー、起《お》きて！　ニュースだよ！」シュゼットの声《こえ》がした。

天井《てんじょう》の穴《あな》から、朝日《あさひ》がさしこんでいる。ジャックは、はっとして起《お》きあがった。

「おはようございます。ニュースってなんですか？」

アニーがたずねると、シュゼットがこたえた。

「イギリスから、待《ま》ちに待《ま》った知《し》らせがはいったのさ。イギリスやアメリカの連合軍《れんごうぐん》が、いよいよドイツ軍《ぐん》を総攻撃《そうこうげき》するらしい。ガストンが無線《むせん》を聞《き》いてるから、あんたたちも早《はや》くおいで！」

そう言《い》うと、シュゼットは、いそいでもどっていった。

アニーが、目《め》を輝《かがや》かせた。

「お兄《にい》ちゃん、聞《き》いた？」

「うん。連合軍《れんごうぐん》が……」

ジャックが言《い》いかけると、アニーがさえぎった。

「そうじゃなくて、『無線《むせん》』よ――ガストンさんが無線《むせん》を聞《き》いてるって……。わたしたち、キャスリーンを救出《きゅうしゅつ》できたら、テディにむかえに来《き》てもらう日《ひ》にちと時間《じかん》を、無線《むせん》で知《し》らせなければならないんでしょう？　ガストンさんにたのめるわ！」

「あっ、そうか……。よし！　ぼくたちも早《はや》く上《うえ》にあがろう」

ジャックとアニーは、毛布《もうふ》をかたづけると、階段《かいだん》をかけあがった。

ガストンは、昨夜食事《さくやしょくじ》をしたテーブルで、無線《むせん》を聞《き》いていた。頭《あたま》にヘッドフォンを着《つ》け、小《ち》さなかばんの中《なか》にはいった無線装置《むせんそうち》でメッセージを聞《き》いている。

「〈G計画《ジーけいかく》〉につづいて、今日《きょう》から〈P計画《ピーけいかく》〉も決行《けっこう》だ！」と、ガストン。

「〈G計画《ジーけいかく》〉〈P計画《ピーけいかく》〉って、なんのことですか？」

ジャックがたずねると、シュゼットがこたえた。

「ナチスが使《つか》っている鉄道《てつどう》や電線《でんせん》を、爆破《ばくは》する作戦《さくせん》よ。鉄道《てつどう》が破壊《はかい》されたら、武器《ぶき》が運《はこ》べないし、電線《でんせん》が切《き》れたら通信《つうしん》できなくなるでしょう？」

無線《むせん》を聞《き》きおわったガストンが、ヘッドフォンをはずした。興奮《こうふん》した面《おも》もちで、くわえていたパイプを取《と》り、低《ひく》い声《こえ》で言《い》った。

「いよいよだ。いよいよはじまるぞ！」

ガストンが説明《せつめい》してくれた。

「いま、ヨーロッパの大部分《だいぶぶん》が、ナチス・ドイツに占領《せんりょう》されてしまっているだろう？

そこで、まだナチスに征服《せいふく》されていない、イギリス、アメリカ、カナダなどの連合軍《れんごうぐん》
が、ドイツに大規模《だいきぼ》な攻撃《こうげき》をしかけようとしているのさ。ドイツは、ドーバー海峡《かいきょう》に、
強力《きょうりょく》な防御線《ぼうぎょせん》を張《は》っているから、連合軍《れんごうぐん》はなかなか攻《せ》められなかった。だがいよいよ、
史上最大《しじょうさいだい》の作戦《さくせん》が実行《じっこう》されるという、秘密《ひみつ》の連絡《れんらく》がはいったんだ。——明日《あした》、六月六日《がつむいか》、連合軍《れんごうぐん》のなん十万《じゅうまん》という大軍《たいぐん》が、空《そら》と海《うみ》から、ここノルマンディーに上陸《じょうりく》する」

ジャックは、はっとした。歴史《れきし》の授業《じゅぎょう》で習《なら》ったことがある。

（『ノルマンディー上陸作戦《じょうりくさくせん》』だ！　第二次世界大戦《だいにじせかいたいせん》で、ドイツを敗北《はいぼく》に追《お》いやるきっかけになった、歴史的《れきしてき》な日《ひ》。それが、明日《あした》だっていうのか……）

ガストンが、ジャックとアニーを見《み》た。

「ここは戦場《せんじょう》になる。おまえたちは、すぐにイギリスへ帰《かえ》ったほうがいい」

「で、でも、わたしたち、親友《しんゆう》を見《み》つける任務《にんむ》があるんです」と、アニー。

しかしガストンは、強《つよ》い口調《くちょう》で言《い》った。

「連合軍《れんごうぐん》は、空前《くうぜん》の規模《きぼ》でやってくるんだ。空《そら》から雨《あめ》みてえに爆弾《ばくだん》が落《お》ちてくるぞ。おまえたちの命《いのち》があぶないんだ！　友《とも》だちのことを心配《しんぱい》している場合《ばあい》じゃねえ」

シュゼットも言《い》った。

「その友《とも》だちだって、もうそこにはいないかもしれないよ。たくさんの人《ひと》が、ピレネー山脈《さんみゃく》をこえて、スペインへ避難《ひなん》してるっていうからね」

「で、でも、すくなくとも、連絡《れんらく》があった場所《ばしょ》へは行《い》ってみないと……」

アニーが主張《しゅちょう》すると、ガストンが言《い》った。

「そんなら、いそいで行動《こうどう》するしかねえ。作戦《さくせん》は、明日《あした》といっても、今夜《こんや》、夜中《よなか》からだ。だからおそくとも、今日《きょう》暗《くら》くなるころには、フランスを脱出《だっしゅつ》しろ」

「わ、わかりました」と、ジャックがこたえ、つけくわえた。

「それじゃ、一《ひと》つおねがいできますか？　イギリスの特殊作戦執行部《とくしゅさくせんしっこうぶ》の知《し》りあいに、無線《むせん》を打《う》ってほしいんです」

「ああ、いいとも」と、ガストンはうけおってくれた。

「あたしは、なにか食《た》べ物《もの》を用意《ようい》するよ」シュゼットが台所《だいどころ》へ立《た》った。

アニーも、「わたしは、荷物《にもつ》を持《も》ってくるわ」と、地下室《ちかしつ》へもどった。

ガストンが、紙《かみ》とえんぴつを引《ひ》きよせて、ジャックにたずねた。

「それで、なんと打《う》てばいいんだ？」

「『ユニコーンは自由《じゆう》になった。六月五日《がつかか》、夕方暗《ゆうがたくら》くなるころ』でおねがいします」

ガストンが、ジャックのことばを書《か》きとめる。

「『ユニコーンは……自由《じゆう》になった。……六月五日《がついつか》……夕方暗《ゆうがたくら》くなるころ』と……」

ガストンが首《くび》をふり、目頭《めがしら》をおさえて言《い》った。

「おれたちにも、こんな連絡《れんらく》が来《き》たらなあ……。戦争《せんそう》は残酷《ざんこく》だ——だれにとっても」

ジャックは、なんとこたえてよいかわからなかった。

アニーが、ふたりのブーツと、ジャックのリュックを持《も》って、もどってきた。

「パンとチーズよ。途中《とちゅう》で食《た》べて」と言《い》って、シュゼットがつつみをさし出《だ》した。

「ありがとうございます」

アニーがつつみを受《う》けとり、ジャックのリュックに入《い》れた。

ふたりがブーツをはいていると、ガストンが声《こえ》をかけた。

「この時期《じき》、暗《くら》くなるのは八時《はちじ》ごろだ。いま、朝《あさ》の八時《はちじ》だから、友《とも》だち救出《きゅうしゅつ》に使《つか》える時間《じかん》は、十二時間《じゅうにじかん》だぞ」

「あっ、それで思《おも》いだしたわ」

アニーが言《い》って、ポケットからキャスリーンの手紙《てがみ》を取《と》りだした。

「親友《しんゆう》が送《おく》ってきた手紙《てがみ》には、カーンの『東《ひがし》四・五キロ』のあとに、こう書《か》いてあるんですけど、なにか心《こころ》あたりはありませんか?」

川《かわ》のむこうの　ほらの中《なか》
黄色《きいろ》い騎士《きし》と　牛《うし》がいる
岩《いわ》の割《わ》れめは　枝《えだ》の下《した》

ひと目見《めみ》て、シュゼットが言《い》った。

「『川《かわ》のむこうの　ほら』っていうのは、モンドビルの洞窟《どうくつ》のことだね。カーンの東《ひがし》

には、オルヌ川《がわ》という川《かわ》があって、その東岸《とうがん》のモンドビルっていうところに、洞窟《どうくつ》がたくさんあるのさ」

「石灰岩《せっかいがん》の採掘場《さいくつじょう》あとだ」と、ガストンがつけくわえた。

「オルヌ川《がわ》の東岸《とうがん》の、モンドビルですね？」ジャックが確認《かくにん》した。

「そのあとの『黄色《きいろ》い騎士《きし》と牛《うし》』というのは？『岩《いわ》の割《わ》れめ』って？」

アニーが聞《き》いたが、ガストンもシュゼットも、首《くび》をかしげるばかりだった。

「それはまた考《かんが》えます。でも、洞窟《どうくつ》のことがわかってよかったです」

アニーが言《い》って、手紙《てがみ》をポケットにしまった。

「お世話《せわ》になりました。このご恩《おん》は、ぜったいにわすれません」

ジャックは頭《あたま》をさげ、リュックを背負《せお》った。

ふたりが家《いえ》を出《で》ようとすると、シュゼットが言《い》った。

「ちょっと待《ま》って。あんたたち、お金《かね》はあるの？」

「あ、いえ……」と、ジャック。

ガストンが、ポケットからフランスの硬貨《こうか》をつかみ出《だ》し、ジャックにさし出《だ》した。

「すこしだが、持《も》ってりゃ、役《やく》に立《た》つこともあるだろう」

「ありがとうございます」

ジャックは、受《う》けとった硬貨《こうか》を、自分《じぶん》のズボンのポケットに入《い》れた。

ガストンが、母屋《おもや》のドアを開《あ》けた。

外《そと》はどんよりとくもっているが、朝《あさ》の空気《くうき》はすがすがしい。

ガストンが納屋《なや》から、子《こ》ども用《よう》の自転車《じてんしゃ》を二台《にだい》、引《ひ》っぱりだした。

シュゼットが言《い》う。

「これは、もう使《つか》わないから、どこかに乗《の》りすててかまわないからね」

ガストンも言《い》う。

「どの道《みち》でもいいから、南《みなみ》を目《め》ざして行《い》けば、カーンにたどり着《つ》く。なるべく、車《くるま》の少《すく》ない、いなか道《みち》を行《い》くといい」

「どっちが、南《みなみ》ですか?」

アニーがたずねると、シュゼットが、「ちょっと待《ま》って。いいものをあげるよ」と言《い》い、家《いえ》から方位磁針《ほういじしん》を持《も》ってきた。

「それから、これも。ルカとテオが、子《こ》どものころかぶってたものだけど」

シュゼットがさし出《だ》したのは、おそろいのベレー帽《ぼう》だった。

ジャックとアニーは、ガストンのまねをして、ベレー帽《ぼう》をななめにかぶった。

シュゼットは、その姿《すがた》をしげしげと見《み》つめて、にっこり笑《わら》った。

「ふたりとも、よくにあってるよ……どこから見《み》ても、フランスの子《こ》どもだ」

それから、ガストンとシュゼットは、かわるがわるアドバイスをした。

「いいか。カーンあたりは、ナチスの警戒《けいかい》がきびしいから、よく気《き》をつけるんだぞ。検問《けんもん》されても、落《お》ちついて、自然《しぜん》にふるまうんだ。それから、やたらにV《ブイ》サインをして見《み》せねえことと」

「フランス人《じん》がみんな、レジスタンスというわけじゃあないからね」

「そうさ。この時代《じだい》、だれが味方《みかた》でだれが敵《てき》だか、わかったもんじゃねえ。だから、さっきの無線《むせん》のニュースも、ぜったいに口《くち》にしねえようにな」

「はい。約束《やくそく》します」

アニーがこたえると、ジャックが、あらたまって言《い》った。

「ほんとうにお世話《せわ》になりました。最後《さいご》に、おふたりにお伝《つた》えしたいことがあります。今晩《こんばん》からはじまる連合軍《れんごうぐん》の作戦《さくせん》は、かならず成功《せいこう》します。時間《じかん》はかかるけど、連合軍《れんごうぐん》が勝《か》って、フランスはナチスから解放《かいほう》されます――ルカとテオのビラのとおりに――。だから、その日《ひ》が来《く》るまで、どうぞご無事《ぶじ》で」

「そうだな――。ありがとよ」

ガストンの目《め》に、涙《なみだ》が光《ひか》った。

シュゼットも、ガストンのからだに腕《うで》をまわして言《い》った。

「あたしたちもそう信《しん》じてるわ。それじゃ、くれぐれも気《き》をつけてね」

「無線《むせん》は、打《う》っておくからな」とガストン。

「よろしくおねがいします」

ふたりは自転車《じてんしゃ》にまたがり、出発《しゅっぱつ》した。

道路《どうろ》に出《で》たところで、アニーが方位磁針《ほういじしん》を見《み》る。

「南《みなみ》はあっちよ」

ふたりは、方位磁針《ほういじしん》が指《さ》した方角《ほうがく》に向《む》かって、自転車《じてんしゃ》をこぎだした。

敵《てき》？　味方《みかた》？

すがすがしい朝《あさ》の空気《くうき》の中《なか》を、ジャックとアニーは、南《みなみ》へ南《みなみ》へと自転車《じてんしゃ》を走《はし》らせた。
掘《ほ》りおこした土《つち》、刈《か》りとった草《くさ》のにおいが、風《かぜ》に乗《の》ってただよってくる。
広々《ひろびろ》とした畑《はたけ》のむこうに、ピンクの屋根《やね》の農家《のうか》が見《み》える。
果樹園《かじゅえん》のりんごは、まっ白《しろ》な花《はな》が満開《まんかい》だ。
野原《のはら》には、オレンジ色《いろ》のポピーが風《かぜ》にゆれている。まるで絵《え》のような風景《ふうけい》だ。
だが、明日《あした》には、ここも戦場《せんじょう》になるのだ。ジャックは胸《むね》が苦《くる》しくなった。
やがて、舗装《ほそう》された道路《どうろ》に出《で》た。アニーが、方位磁針《ほういじしん》を調《しら》べる。
「南《みなみ》は……左《ひだり》！」
ふたりは、左《ひだり》に曲《ま》がった。
まもなく、わき道《みち》からオートバイが出《で》てきて、ジャックたちのほうに向《む》かってきた。
ジャックは、心臓《しんぞう》がドキドキしたが、自分《じぶん》に言《い》いきかせるようにつぶやいた。
「自然《しぜん》に……フランスの子《こ》どものように、ふるまうんだ」

ジャックとアニーは、オートバイの運転手《うんてんしゅ》に笑《わら》いかけたが、相手《あいて》は、ふたりに目《め》もくれずに走《はし》り去《さ》った。

ジャックがほっとしたのもつかの間《ま》、すぐに別《べつ》の道《みち》から、自家用車《じかようしゃ》が一台《いちだい》出《で》てきて、こちらに向《む》かって走《はし》ってきた。

運転《うんてん》をしていた女性《じょせい》は――すれちがいざま、ジャックたちに、すばやくV《ブイ》サインを出《だ》して見《み》せた。

ジャックは、びっくりしてふりかえった。

自動車《じどうしゃ》はそのまま、走《はし》り去《さ》っていく。

ジャックは、ならんで走《はし》るアニーにつぶやいた。

「あの人《ひと》、味方《みかた》だったよ。そんなにびくびくする必要《ひつよう》はないのかもしれないな」

「そうね」アニーも、笑《わら》ってうなずいた。

さらに進《すす》むと、こんどはむこうから、農家《のうか》の荷馬車《にばしゃ》がやってきた。御者台《ぎょしゃだい》には、若《わか》い夫婦《ふうふ》が乗《の》っている。

ふたりはジャックたちに顔《かお》を向《む》け、にっこりと笑《わら》いかけた。

ジャックは、手《て》をふろうとして、思《おも》わず、V《ブイ》サインを出《だ》してしまった。

そのとたん、ふたりの表情《ひょうじょう》が変《か》わった。

夫《おっと》のほうが馬車《ばしゃ》を止《と》めて、さけんだ。

「だれか！　レジスタンスだ！　レジスタンスの伝令《でんれい》だぞ！」

しまった、と思《おも》ったときにはおそかった。

そこへ、灰色《はいいろ》の軍服《ぐんぷく》を着《き》たドイツ兵《へい》のオートバイが、猛《もう》スピードでやってきた。

馬車《ばしゃ》のふたりは、ジャックとアニーを指《ゆび》さしてさけんだ。

「こいつら、レジスタンスの伝令《でんれい》です！　早《はや》く捕《つか》まえて！」

「逃《に》げろっ！」

ジャックとアニーは、いそいで、自転車《じてんしゃ》の向《む》きを変《か》えた。

ふたりは、全速力《ぜんそくりょく》で、いま来《き》た道《みち》をもどったものの、うしろから、ドイツ兵《へい》のオートバイが、ものすごい勢《いきお》いで追《お》いかけてくる。

アニーがさけんだ。

「お兄《にい》ちゃん、生《い》け垣《がき》の中《なか》へ！」

ふたりは、自転車《じてんしゃ》を乗《の》りすて、生《い》け垣《がき》のすきまにもぐりこんだ。

生《い》け垣《がき》のむこう側《がわ》は、広《ひろ》い牧場《ぼくじょう》だった。牧草地《ぼくそうち》の先《さき》に農家《のうか》が見《み》える。

家《いえ》のまえに白《しろ》いトラックが止《と》まっていて、白《しろ》のつなぎを着《き》た牧場主《ぼくじょうぬし》らしい男性《だんせい》が、大《おお》きなミルク缶《かん》を、トラックの荷台《にだい》に積《つ》んでいた。

ふたりは、男性《だんせい》にかけよってさけんだ。

「おねがいです、助《たす》けてください！」

牧場主《ぼくじょうぬし》はびっくりして手《て》を止《と》めたが、ドイツ兵《へい》がオートバイに乗《の》ったまま、生《い》け垣《がき》を無理《むり》やり通《とお》りぬけようとしているのを見《み》て、顔色《かおいろ》を変《か》えた。

ジャックとアニーに、目《め》で荷台《にだい》を示《しめ》し、ひそひそ声《ごえ》で言《い》った。

「乗《の》れ。いそげ！」

ジャックとアニーは、考《かんが》えるひまもなく、トラックの荷台《にだい》に飛《と》びのった。

荷台《にだい》には、すでにいくつかのミルク缶《かん》が積《つ》まれていた。ジャックたちがその奥《おく》にもぐりこむと、牧場主《ぼくじょうぬし》は、すぐに荷台《にだい》のドアを閉《し》めた。

トラックの荷台《にだい》には窓《まど》がない。ドアを閉《し》めると、中《なか》はまっ暗《くら》になった。

ジャックたちは、息《いき》づかいの音《おと》がもれないように、両手《りょうて》で口《くち》をおさえながら、外《そと》の気配《けはい》に耳《みみ》をかたむけた。

オートバイがトラックの横《よこ》に来《き》て、止《と》まった。ドイツ兵《へい》が牧場主《ぼくじょうぬし》に話《はな》しかけているが、ドイツ兵《へい》の声《こえ》は低《ひく》くて聞《き》きとれない。牧場主《ぼくじょうぬし》がこたえている。

「ええ、男《おとこ》の子《こ》と女《おんな》の子《こ》でしょう？　見《み》ましたよ」

「えっ、レジスタンス？……そうだったんですか……」

「ああ、たしかに……」

その直後《ちょくご》、オートバイが走《はし》り去《さ》る音《おと》が聞《き》こえた。

ジャックたちが緊張《きんちょう》して待《ま》っていると、トラックがゆれた。運転台《うんてんだい》に人《ひと》がすわり、ドアが閉《し》まった音《おと》がする。

エンジンがかかり、トラックが走《はし》りはじめた。

車《くるま》がゆれるたびに、荷台《にだい》のミルク缶《かん》がぐらぐらと動《うご》く。

ミルク缶《かん》をおさえながら、アニーがつぶやいた。

「ど、どこへつれていかれるのかしら……」

ジャックも小声《こごえ》で言《い》った。

「この人《ひと》は、敵《てき》なのか、味方《みかた》なのか……」

まもなく、ゆれが小《ちい》さくなり、車《くるま》の走《はし》りがスムーズになった。舗装道路《ほそうどうろ》に出《で》たらしい。

アニーが言《い》う。

「この人《ひと》は味方《みかた》だと思《おも》うわ。ドイツ兵《へい》には、でたらめな方角《ほうがく》を指《さ》して、わたしたちがそっちへ行《い》ったと言《い》ってくれたんだと思《おも》う」

「そう思《おも》わせておいて、ぼくらをナチスにつき出《だ》そうとしているのかも……。兵士《へいし》には、『荷台《にだい》に閉《と》じこめたので、このまま運《はこ》んでいきます』って言《い》ったのかもしれないよ」

「そ、そうだったら、どうしよう……」

不安《ふあん》につつまれながら、ふたりは、ゆれるミルク缶《かん》のあいだで息《いき》をひそめていた。

しばらくして、トラックが止《と》まり、エンジンが切《き》られ、運転席《うんてんせき》のドアが開《ひら》く音《おと》がした。

ここはどこなのか。これからどうなるのか……。ジャックはからだをかたくした。

すぐに荷台《にだい》のドアハンドルがまわり、ガチャン！とドアが開《ひら》いた。

牧場主《ぼくじょうぬし》が顔《かお》を出《だ》し、荷台《にだい》から大《おお》きなミルク缶《かん》を一《ひと》つおろしながら、荷台《にだい》のほうを見《み》ないようにして、ささやいた。

「いまならだいじょうぶだ。気《き》をつけて行《い》けよ！」

牧場主《ぼくじょうぬし》は、荷台《にだい》のドアを開《あ》けっぱなしにしたまま、ミルク缶《かん》をどこかへ運《はこ》んでいった。

「アニー、行《い》こう！」

ふたりは、トラックの荷台《にだい》から飛《と》びおりた。

そこは、横長《よこなが》の大《おお》きな建物《たてもの》のまえだった。建物《たてもの》の屋根《やね》に、〈カーン牛乳工場《ぎゅうにゅうこうじょう》〉と書《か》いてある。

「お兄《にい》ちゃん、見《み》て！　ここはカーンよ！」

「しーっ！　大《おお》きな声《こえ》を出《だ》さないで！　自然《しぜん》にふるまうんだ」

ふたりは、町《まち》の人《ひと》ごみの中《なか》にまぎれることにした。

そこは、大《おお》きな町《まち》だった。あちこちに、銃《じゅう》を持《も》ったナチスの兵士《へいし》が立《た》ち、建物《たてもの》の壁《かべ》には、〈かぎ十字《じゅうじ》〉の旗《はた》がかかげられている。

広場《ひろば》では、青空市《あおぞらいち》が開《ひら》かれていた。色《いろ》あざやかなテントがならび、野菜《やさい》、花《はな》、ワイン、布《ぬの》のバッグや服《ふく》などが売《う》られている。

人々《ひとびと》が、あっちで立《た》ちどまり、こっちで立《た》ちどまりしながら、買《か》い物《もの》を楽《たの》しんでいる。高齢《こうれい》の夫婦《ふうふ》もいれば、子《こ》どもをつれた母親《ははおや》もいる。

店《みせ》の人《ひと》たちは、買《か》い物客《ものきゃく》にさかんに声《こえ》をかけていた。

ナチスの兵士《へいし》と〈かぎ十字《じゅうじ》〉の旗《はた》さえなければ、のどかで平和《へいわ》な町《まち》の風景《ふうけい》だ。

明日《あした》になれば、この光景《こうけい》も一変《いっぺん》するのかと思《おも》うと、ジャックは胸《むね》がしめつけられた。

市場《いちば》にいるみんなに、『今晩《こんばん》から、連合軍《れんごうぐん》とドイツ軍《ぐん》の戦闘《せんとう》がはじまります。早《はや》く逃《に》げて！』とさけびたい気《き》もちだった。

ふと見《み》ると、教会《きょうかい》の時計《とけい》が十二時《じゅうにじ》を指《さ》していた。

「アニー、いま十二時《じゅうにじ》だ。残《のこ》された時間《じかん》は、あと八時間《はちじかん》」

「急《いそ》がなきゃ。ここから東《ひがし》へ、四・五キロ行《い》くんだったわね」

「うん。オルヌ川東岸《がわとうがん》の、モンドビルだ」

アニーが、乳母車《うばぐるま》をおす若《わか》い母親《ははおや》に声《こえ》をかけた。

「あの、すみません、モンドビルへは、どうやって行《い》けばいいんですか?」

「そうね……歩《ある》いても行《い》けるけど、列車《れっしゃ》に乗《の》れば、ひと駅《えき》よ。駅《えき》はすぐそこだから」

母親《ははおや》が、広場《ひろば》の先《さき》を指《ゆび》さした。

「ああ……ありがとうございました」

「どういたしまして」

母親《ははおや》は、手《て》をふると、乳母車《うばぐるま》をおしながら去《さ》っていった。

「お兄《にい》ちゃん、あの人味方《ひとみかた》よ」と、アニーがささやく。

「どうしてわかるんだ?」

「Vサイン《ブイ》をしてくれたわ」

「そうだった? ぼくには、ただ手《て》をふっただけのように見《み》えたけど……。さっきの荷馬車《にばしゃ》のふたりのこともあるから、よくよく気《き》をつけないと」

「そうね……。戦争《せんそう》でなければ、敵《てき》も味方《みかた》もないのにね……」

そこへ、黒《くろ》ぬりのオープンカーが四台《よんだい》、エンジンの音《おと》をひびかせながら、広場《ひろば》にはいってきた。車《くるま》のドアには、〈かぎ十字《じゅうじ》〉が描《えが》かれている。

四台《よんだい》の車《くるま》は、広場《ひろば》のまん中《なか》で、一列《いちれつ》に止《と》まった。

車《くるま》の中《なか》から、灰色《はいいろ》の制服《せいふく》に革《かわ》のブーツをはいたナチスの兵士《へいし》がおりてきて、行《い》きかう人々《ひとびと》を監視《かんし》しはじめた。

とたんに、広場《ひろば》の空気《くうき》が一変《いっぺん》した。

店《みせ》の人《ひと》は口《くち》を閉《と》じ、母親《ははおや》たちは子《こ》どもの手《て》を引《ひ》き、みな下《した》を向《む》いて、そそくさと立《た》ち去《さ》っていく。

「アニー、ぼくたちも、いそいで列車《れっしゃ》に乗《の》ろう」

「いそぐのはだめよ。自然《しぜん》にふるまうこと！」

「そうだった。うっかり手《て》をあげないように、両手《りょうて》をポケットに入《い》れていこう」

ふたりは、足早《あしばや》にならないように気《き》をつけながら、駅《えき》に向《む》かった。

連行《れんこう》する！

ジャックは、切符売《きっぷう》り場《ば》で「モンドビル二枚《にまい》」と言《い》って、ポケットの硬貨《こうか》を出《だ》した。窓口《まどぐち》の人《ひと》が取《と》ったお金《かね》の残《のこ》りをポケットにもどし、切符《きっぷ》を二枚受《にまいう》けとると、アニーとふたりで、ホームへ歩《ある》いていった。

ホームでは、おおぜいの客《きゃく》が、列車《れっしゃ》の到着《とうちゃく》を待《ま》っていた。

ホームのはしのほうで、なにかさわぎがおきているらしい。見《み》ると、数人《すうにん》のナチス兵《へい》が、ひとりの老人《ろうじん》を取《と》りかこんでいた。

老人《ろうじん》は両手《りょうて》を上《うえ》にあげ、恐怖《きょうふ》に顔《かお》を引《ひ》きつらせている。

「あのおじいさん、どうしたのかしら……」アニーが、心配《しんぱい》そうに見《み》つめている。

ジャックは、目《め》をそらした。なんとかしてあげたいが、相手《あいて》はナチスだ。どうすることもできない。アニーが飛《と》んでいかないように、手《て》をぎゅっとにぎりしめた。

そこへ、列車《れっしゃ》がはいってきた。

ドアが開《ひら》き、乗客《じょうきゃく》がつぎつぎにおりてきて、出口《でぐち》に向《む》かう。

おりる客《きゃく》が切《き》れたところで、ホームにいた客《きゃく》が、いっせいに列車《れっしゃ》に乗《の》りはじめた。

ジャックとアニーも、近《ちか》くの入口《いりぐち》から乗《の》りこんだ。

列車《れっしゃ》は、コンパートメントと呼《よ》ばれる小部屋《こべや》が、通路《つうろ》にそってならんでいた。

ジャックが、切符《きっぷ》を確認《かくにん》する。

「えーと、ぼくたちの席《せき》は……二等《にとう》だ」

アニーが、まえを行《い》く、上品《じょうひん》そうな老婦人《ろうふじん》にたずねた。

「すみません。二等《にとう》の車両《しゃりょう》はどこですか？」

「ああ、こっちですよ。ついていらっしゃい」

老婦人《ろうふじん》は、通路《つうろ》をすこし行《い》き、あいているコンパートメントを示《しめ》して言《い》った。

「ここがあいているわ」

老婦人《ろうふじん》は、そのまま、先《さき》の車両《しゃりょう》へと歩《ある》いていった。

コンパートメントは、三人《さんにん》ずつ向《む》かい合《あ》わせに、六人《ろくにん》がすわれるようになっている。

アニーが窓側《まどがわ》に、ジャックがそのとなりに、ならんですわった。

汽笛《きてき》が鳴《な》り、列車《れっしゃ》が動《うご》きだした。

「つぎの駅《えき》だから、すぐに着《つ》くわね」

アニーがそう言《い》ったときだった。通路《つうろ》で、ドカドカという足音《あしおと》がしたかと思《おも》うと、コンパートメントのドアが乱暴《らんぼう》に開《あ》けられ、ナチスの制服《せいふく》を着《き》た兵士《へいし》がふたり、はいってきた。

「身分証明書《みぶんしょうめいしょ》！」

ジャックは、必死《ひっし》で平静《へいせい》をよそおい、つくり笑《わら》いをしてこたえた。

「あっ、はい。いますぐ」

ジャックは、テディが作《つく》ってくれた身分証明書《みぶんしょうめいしょ》を、ポケットから出《だ》して見《み》せた。

兵士《へいし》のひとりが、身分証明書《みぶんしょうめいしょ》をこまかく点検《てんけん》し、さらに顔写真《かおじゃしん》と本人《ほんにん》の顔《かお》を見《み》くらべる。ジャックは、心臓《しんぞう》の鼓動《こどう》が相手《あいて》に聞《き》こえるのではないかと思《おも》うほど、ドキドキした。

兵士《へいし》は、ジャックの身分証明書《みぶんしょうめいしょ》をかえし、アニーの身分証明書《みぶんしょうめいしょ》を点検《てんけん》したあと、言《い》った。

「そのリュック！」

「はい、どうぞ……」

ジャックが、背中《せなか》のリュックをおろすと、突然《とつぜん》アニーが手《て》をのばして、リュックをつかみ取《と》った。

「ど……どうして、リュックなんか調《しら》べるの？」

「調《しら》べる必要《ひつよう》があるからだ！」兵士《へいし》が、威圧《いあつ》するようにこたえる。

「べ、べつに、なにもはいってないわ」アニーは、リュックを胸《むね》にかかえこんだ。

ジャックは、困惑《こんわく》した。

（アニーは、いったい、どうしたっていうんだ？　リュックの中《なか》は、えんぴつと、なにも書《か》いていないノートと、懐中電灯《かいちゅうでんとう》、それから、シュゼットさんがくれた食《た》べ物《もの》だけなのに）

「早《はや》く見《み》せろ！」

兵士《へいし》がにじりよるが、アニーは、リュックをはなそうとしない。

「アニー、リュックをわたして。だいじょうぶだから……」

ジャックがやさしく言《い》って、アニーの手《て》からリュックを取《と》りあげ、兵士《へいし》にわたした。

兵士《へいし》は、リュックに手《て》を入《い》れ、まず、シュゼットがくれたつつみを取《と》りだして、中《なか》を調《しら》べた。それを、もうひとりの兵士《へいし》にわたし、さらにリュックの中《なか》をさぐる。

つぎにつかみ出《だ》したのは、紙《かみ》のたばだった。

ガストンとシュゼットのふたごの息子《むすこ》、ルカとテオが作《つく》ったビラだ。

(ど、ど、どうして、あのビラが……?)

兵士《へいし》は、ビラのたばをリュックにもどすと、片方《かたほう》の眉《まゆ》を持《も》ちあげて、言《い》った。

「連行《れんこう》する。立《た》て」

ジャックはわけがわからず、ぼうぜんと空《くう》を見《み》つめた。

「立《た》てと言《い》ったのが、聞《き》こえないのか!」兵士《へいし》が、ジャックに銃《じゅう》を向《む》けてどなった。

すると、アニーが、兵士《へいし》の腕《うで》にすがりついて、うったえた。

「わ、わたしが、入《い》れたんです! お兄《にい》ちゃんは、なんにも知《し》らないんです!」

だが、兵士《へいし》はアニーをつき飛《と》ばすと、ジャックに銃口《じゅうこう》をおしつけた。

「さっさと立《た》て!」

ジャックがふらつきながら、立《た》とうとしたときだった。

ドッカ―――ン!

突然《とつぜん》、大《おお》きな爆発音《ばくはつおん》がして、列車《れっしゃ》がゆれた。

つづいて、ギギギィ―――ッという耳《みみ》ざわりな音《おと》とともに、列車《れっしゃ》が急停止《きゅうていし》した。

ジャックとアニーは、座席《ざせき》からほうりだされ、ふたりの兵士《へいし》も、床《ゆか》の上《うえ》に折《お》りかさなって倒《たお》れた。

あちこちから、悲鳴《ひめい》があがる。

「線路《せんろ》が爆破《ばくは》されたぞ!」

「レジスタンスだ!」

人々《ひとびと》がわめき、さけびながら、通路《つうろ》を走《はし》っていく。

ふたりの兵士《へいし》も、あわてて起《お》きあがった。

「きさま、ここを動《うご》くな! すぐにもどるからな!」

ジャックに向《む》かってそうどなると、大《おお》いそぎでコンパートメントを出《で》ていった。

気《き》がつくと、列車《れっしゃ》が、おかしな角度《かくど》に傾《かたむ》いている。床《ゆか》の上《うえ》に、シュゼットさんがくれたパンとチーズが、落《お》ちてつぶれていた。

ジャックは全身《ぜんしん》がしびれて、すぐには動《うご》けなかった。

〈G計画《ジーけいかく》〉に〈P計画《ピーけいかく》〉——脳裏《のうり》に、ガストンとシュゼットのことばが浮《う》かんだ。

レジスタンスが、鉄道《てつどう》や通信網《つうしんもう》の破壊《はかい》をはじめたのだ。

「お兄《にい》ちゃん、チャンスよ。いまのうちに逃《に》げましょう！」

アニーにうながされて、ジャックはなんとか立《た》ちあがり、通路《つうろ》に出《で》ようとした。

だがそこは、コンパートメントから出《で》てきた乗客《じょうきゃく》で、ごったがえしていた。

アニーが、ジャックの腕《うで》を引《ひ》っぱった。

「お兄《にい》ちゃん、こっち。窓《まど》から出《で》られるわ！」

ふたりは、コンパートメントにもどって、窓《まど》を開《あ》けた。

窓《まど》から顔《かお》を出《だ》すと、列車《れっしゃ》の前方《ぜんぽう》でどす黒《ぐろ》い煙《けむり》があがり、そちらに向《む》かって、兵士《へいし》や鉄道員《てつどういん》が走《はし》っていくのが見《み》えた。

ジャックは、リュックを外《そと》にほうり投《な》げ、石《いし》だらけの地面《じめん》に飛《と》びおりた。

つづいて、アニーも飛《と》びおりる。

ジャックとアニーは、周囲《しゅうい》を見《み》まわした。

みんな、爆発《ばくはつ》に気《き》をとられていて、ジャックたちに注意《ちゅうい》を向《む》ける人《ひと》はいない。

ふたりは、線路《せんろ》わきの森《もり》の中《なか》へ飛《と》びこんだ。

「走《はし》れ！」

ふたりは全速力《ぜんそくりょく》でかけだすと、そのまま道《みち》なき道《みち》を、草《くさ》をふみ、倒木《とうぼく》をまたぎ、枝《えだ》をよけながら、走《はし》りつづけた。息《いき》がきれ、足《あし》がもつれたが、止《と》まるわけにはいかない。

やがて、舗装《ほそう》された道路《どうろ》に出《で》た。左《ひだり》を見《み》ると、数百《すうひゃく》メートル先《さき》に橋《はし》が見《み》えた。

「お兄《にい》ちゃん、橋《はし》よ！」

ふたりは、さらに走《はし》った。

橋《はし》のたもとの表示板《ひょうじばん》を見《み》ると――〈オルヌ川《がわ》〉と書《か》いてある。

「オルヌ川《がわ》だわ！　この川《かわ》をわたった先《さき》に、キャスリーンがいるのよ！」

ふたりは、ふらふらになりながら、橋《はし》をわたった。

橋《はし》の先《さき》に、〈シルビィズ〉という小《ちい》さなレストランがあるのが見《み》えた。

と、そのとき、前方《ぜんぽう》から、数台《すうだい》のオートバイが走《はし》ってきた。ナチスの兵士《へいし》だ！

ここであやしまれては、元《もと》も子《こ》もない。

「自然《しぜん》にふるまうんだ」

ふたりは走《はし》るのをやめ、必死《ひっし》で呼吸《こきゅう》をととのえようとしたが、はずんだ息《いき》は、なかなかおさまらない。

アニーがジャックの手《て》をつかんだ。

「お兄《にい》ちゃん、レストランの中《なか》へはいりましょ！」

ふたりは、なにくわぬ顔《かお》をよそおって、レストランの扉《とびら》を開《あ》けた。店《みせ》にはいり、すみのテーブルにつく。

十六《じゅうろく》、七歳《しちさい》のウエイトレスが、メニューを持《も》ってやってきた。

「いらっしゃいませ。ご注文《ちゅうもん》は？」

ジャックがこたえられないでいるのを見《み》て、アニーが注文《ちゅうもん》した。

「レモネード、二《ふた》つ」

「かしこまりました」

少女《しょうじょ》はうなずいて、キッチンにもどっていった。

ジャックとアニーは、しばらく、だまってすわっていたが、アニーが、おずおずときりだした。

「お兄《にい》ちゃん……ビラのこと、ほんとうにごめんなさい……。今朝《けさ》、地下室《ちかしつ》へ荷物《にもつ》を取《と》りに行《い》ったとき、わたしがリュックに入《い》れたの」

ジャックが、眉《まゆ》をひそめて聞《き》いた。

「どうして、そんなことをしたんだ？」

「ルカとテオが、あのビラをこっそりくばってたって聞《き》いて……。わたしも、すこし手伝《てつだ》いたいと思《おも》ったの……」

「そのせいで、ぼくたちの任務《にんむ》がはたせなくなるところだったんだぞ」

ジャックが、リュックの中《なか》から、ビラをつかみ出《だ》した。

「これは、どこかですてよう。持《も》っていてまた見《み》つかったら……」

「あっ、お、お兄《にい》ちゃん！」

ジャックがふりかえると、レモネードを持《も》ったウエイトレスが、ジャックのうしろに立《た》っていた。

ジャックは、あわててビラをかくした。

「お、お待《ま》たせしました」

少女《しょうじょ》は、ふたりのまえにレモネードをおくと、足早《あしばや》に立《た》ち去《さ》った。

「見《み》られたかな」と、ジャック。

「と思《おも》うわ」と、アニー。

「それじゃ、いますぐ、ここを出《で》ないと……」

ジャックがビラをリュックにおしこみ、立《た》ちあがろうとしたときだった。

少女《しょうじょ》が、キッチンから、背《せ》の高《たか》い女《おんな》の人《ひと》をつれて出《で》てきた。

髪《かみ》をきっちりとまとめたその人《ひと》は、きびしい顔《かお》つきで、ジャックたちの席《せき》へ、つかつかと歩《あゆ》みよった。

「あの……」少女《しょうじょ》が言《い》った。「母《はは》が、話《はなし》があるそうです」

ジャックの背中《せなか》を、つめたい汗《あせ》が流《なが》れおちた。

女《おんな》の人《ひと》は、テーブルのまえに立《た》つと、ジャックたちを見《み》つめながら言《い》った。

「あなたたち――ルカとテオのどういう知《し》りあい？」

黄《き》色《いろ》い騎《き》士《し》と白《しろ》い仔牛《こうし》

女《おんな》の人《ひと》は、まわりを気《き》づかいながら、小声《こごえ》で話《はな》しはじめた。

「わたしは、このレストランの店主《てんしゅ》で、料理長《りょうりちょう》のシルビィよ。ふたごのルカとテオは、わたしの仲間《なかま》なの」

そのことばを、ジャックは、すぐに信《しん》じることができなかった。

だが、アニーは、さらりと言《い》った。

「わたしたちは、ふたりのご両親《りょうしん》に出会《であ》って、ふたりのことを聞《き》いたんです」

そのとき、店《みせ》のドアが開《ひら》き、ナチスの兵士《へいし》が三人《さんにん》、くつ音《おと》も荒々《あらあら》しくはいってきた。

三人《さんにん》が、奥《おく》の席《せき》にすわったのを見《み》て、少女《しょうじょ》が、いそいで注文《ちゅうもん》を取《と》りに行《い》った。

「わたしは、ふたりのご両親《りょうしん》を、まったく知《し》らないの」と、シルビィ。

ナチスの兵士《へいし》たちのテーブルから、大《おお》きな笑《わら》いがおこった。三人《さんにん》は、シルビィの娘《むすめ》を相手《あいて》に、冗談《じょうだん》を言《い》いあっているようだ。

よく見《み》ると、三人《さんにん》とも、まだ二十歳《はたち》にも満《み》たないような若者《わかもの》だ。

シルビィがつづけた。

「わたしたち、おたがいの家族《かぞく》のことは、話《はな》さないようにしてるの。知《し》らなければ、だれかに無理《むり》やり聞《き》かれても、こたえなくてすむでしょう？　……それで、ご両親《りょうしん》は、ふたりがどうなったか、ごぞんじなの？」

「いいえ。いま、どこにいるのか、生《い》きているのかどうかもわからない、と言《い》っていました」と、アニー。

「ふたりは、生《い》きてるわ」シルビィが、きっぱりと言《い》った。

「仲間《なかま》に助《たす》けだされたあと、南《みなみ》フランスから、スペインに逃《のが》れたの」

ジャックは、シルビィの娘《むすめ》としゃべっている兵士《へいし》たちをちらりと見《み》て、思《おも》った。

（この女《おんな》の人《ひと》は、ほんとうに味方《みかた》だろうか……。ルカとテオの話《はなし》だって、つくり話《ばなし》かもしれない。ぼくたちにいろいろしゃべらせてから、あの兵士《へいし》たちに引《ひ》きわたすつもりかもしれないぞ……）

ジャックは、シルビィにうたがうような視線《しせん》を向《む》けながら、たずねた。

「その話《はなし》が事実《じじつ》だ、っていう証拠《しょうこ》は？」

ジャックのかたい表情《ひょうじょう》を見《み》て、シルビィがため息《いき》をついた。

「そうね。あなたが警戒《けいかい》するのも、無理《むり》ないわ……。いまの時代《じだい》、味方《みかた》だと信《しん》じていた人《ひと》に、あっさり裏切《うらぎ》られるし、警戒《けいかい》していたら、味方《みかた》だったなんてことは、いくらでもあるもの。でも、わたしは味方《みかた》よ。信《しん》じて」

そう言《い》って、かごの中《なか》のスプーンを二本《にほん》取《と》り、テーブルの上《うえ》においた。

見《み》ると、スプーンは「V《ブイ》」の字《じ》におかれていた。

ジャックは、心《こころ》の中《なか》のもやもやが、すうっと消《き》えていくのを感《かん》じた。

ジャックがうなずくと、シルビィはまたスプーンをかごにもどして、話《はなし》をつづけた。

「あなたたちのような子《こ》どもが、どうしてこんな危険《きけん》なことを?」

アニーがこたえた。

「じつは、わたしたち、親友《しんゆう》を救出《きゅうしゅつ》するために来《き》たんです」

ナチスの兵士《へいし》たちは、メニューをえらんでいる。

「その親友《しんゆう》は、どこにいるの?」と、シルビィ。

アニーは、ポケットから手紙《てがみ》を取《と》りだし、テーブルの上《うえ》においた。

「親友《しんゆう》から送《おく》られてきた詩《し》です。居場所《いばしょ》のヒントがかくしてあるらしいんだけど、最《さい》後《ご》の二行《にぎょう》の意味《いみ》が、どうしてもわからなくて」

シルビィは、またなにげなく、メモに視線《しせん》を落《お》とした。

ふと気《き》づくと、兵士《へいし》のひとりが、シルビィをじっと見《み》ている。

「こっちを見《み》てます」

ジャックが小声《こごえ》で言《い》うと、シルビィは小《ちい》さくうなずき、ホホホと笑《わら》いながら、明《あか》るい声《こえ》で言《い》った。

「あなたたち、よっぽどりんごが好《す》きなのね！」

（えっ、りんご……？）

ジャックはきょとんとしたが、シルビィは、ほがらかに話《はな》しつづけた。

「この地域《ちいき》には、いい品種《ひんしゅ》がたくさんあるのよ。みんな、変《か》わった名《な》まえがついているわ。〈やさしい司教《しきょう》さま〉とか〈犬《いぬ》の皮《かわ》〉とか……。でも、わたしがいちばん好《す》きなのは、〈黄色《きいろ》い騎士《きし》〉と〈白《しろ》い仔牛《こうし》〉ね」

ジャックがぽかんとしていると、アニーが、詩《し》のなかのことばをつぶやいた。

「『黄色《きいろ》い騎士《きし》と　牛《うし》がいる』」

ジャックは、やっと合点《がてん》がいった——そうか、『騎士《きし》』と『牛《うし》』は、りんごの木《き》の種類《しゅるい》だったのだ！

アニーが笑《わら》って、シルビィにたずねた。

「へんな名《な》まえですね！　その二《ふた》つのりんごの木《き》は、この近《ちか》くにもあるんですか？」

「ええ、うちのまえの〈ロシュ通《どお》り〉をすこし行《い》ったところに、いまは空《あ》き家《や》になっているお屋敷《やしき》があるの。その裏庭《うらにわ》の果樹園《かじゅえん》には、〈黄色《きいろ》い騎士《きし》〉と〈白《しろ》い仔牛《こうし》〉の木《き》があるわ。いまごろは、花《はな》が満開《まんかい》になっているはずよ」

それから、すこし声《こえ》を落《お》として言《い》った。

「そこへ行《い》けば、あなたたちのさがしているものも、見《み》つかるんじゃないかしら」

そして、シルビィは、詩《し》の最後《さいご》の行《ぎょう》にそっと指《ゆび》をおいた。

『岩《いわ》の割《わ》れめは　枝《えだ》の下《した》』

ジャックは、にっこり笑《わら》って言《い》った。「ありがとうございます」

兵士《へいし》たちのほうに目《め》をやると、さっきこちらを見《み》ていた兵士《へいし》もテーブルに向《む》きなおり、仲間《なかま》と話《はなし》をしている。

ジャックは、シルビィに向《む》かって、いそいでV《ブイ》サインをして見《み》せた。

シルビィは、笑《わら》いかえすと、「理想《りそう》のりんごが見《み》つかるといいわね」と言《い》い残《のこ》し、キッチンへもどっていった。

アニーが、手紙《てがみ》をたたんでポケットにしまいながら、小声《こごえ》で言《い》った。

「このお店《みせ》にはいって、よかったわね！」

「うん。大正解《だいせいかい》だった」

ジャックは、壁《かべ》の時計《とけい》に目《め》をやった。

「もうすぐ二時《にじ》……ということは、残《のこ》り時間《じかん》は、あと六時間《ろくじかん》だ」

ふたりは、レモネードを飲《の》みほすと、テーブルに代金《だいきん》をおいて、立《た》ちあがった。

そのまま、ゆっくり歩《ある》いて店《みせ》を出《で》る。

通《とお》りに出《で》たところで、突然《とつぜん》、ジャックが足《あし》を止《と》めた。

「どうしたの、お兄《にい》ちゃん？」

「アニー、いいことを思《おも》いついた！」

ふたりは、レストランの裏手《うらて》にまわり、キッチンの窓《まど》ごしにシルビィを見《み》つけると、あたりにだれもいないことを確認《かくにん》して、窓《まど》をコンコンとたたいた。

ふたりに気《き》づいたシルビィが、おどろいて窓《まど》を開《あ》けた。

ジャックは、小《ちい》さな声《こえ》でたずねた。

「無線機《むせんき》を……持《も》ってますか？」

シルビィが、だまってうなずく。

「それじゃ、こう打《う》ってください――『ふたごのユニコーンは、スペインにいる』。ルカとテオの両親《りょうしん》には、これでわかるはずです」

すべてを理解《りかい》したシルビィが、にっこり笑《わら》ってうなずいた。

「お兄《にい》ちゃん、ナイス！」

「まあね」

ふたりは、シルビィに手《て》をふると、〈黄色《きいろ》い騎士《きし》〉と〈白《しろ》い仔牛《こうし》〉をさがしに、ロシュ通《どお》りを歩《ある》きだした。

キャスリーン発見《はっけん》

通《とお》りの両側《りょうがわ》には家々《いえいえ》が建《た》ちならび、肉屋《にくや》、本屋《ほんや》、パン屋《や》などがあった。

教会《きょうかい》と墓地《ぼち》を通《とお》りすぎ、カーブを曲《ま》がったところで、ジャックがさけんだ。

「あれだ！」

岩山《いわやま》を背《せ》に、古《ふる》くて大《おお》きな屋敷《やしき》が建《た》っていた。

開《あ》けはなたれたままの門《もん》は、さびてボロボロだった。屋根《やね》は傾《かたむ》き、花《か》だんも荒《あ》れほうだいの、まるで幽霊屋敷《ゆうれいやしき》だ。

ふたりは、車《くるま》も人《ひと》も来《こ》ないことを確認《かくにん》すると、敷地《しきち》に足《あし》をふみ入《い》れた。

「お兄《にい》ちゃん、りんごの果樹園《かじゅえん》よ！」

母屋《おもや》のむこう側《がわ》、岩山《いわやま》の手《て》まえに、たくさんのりんごの木《き》が、白《しろ》い花《はな》をつけていた。

風《かぜ》が吹《ふ》くたびに、花《はな》びらが、ひらひらと舞《ま》っている。

「うん、ここでまちがいない！」

母屋《おもや》のまえを通《とお》って、果樹園《かじゅえん》へ足《あし》を進《すす》める。

りんごの木《き》は、どれも堂々《どうどう》とした老木《ろうぼく》だった。

そのなかに、ひときわみごとな花《はな》をつけた木《き》が、二本《にほん》ならんで立《た》っていた。

「シルビィさんは、『〈黄色《きいろ》い騎士《きし》〉と〈白《しろ》い仔牛《こうし》〉は、いまごろ花《はな》が満開《まんかい》のはず』だと言《い》っていたね」

ふたりは、二本《にほん》の木《き》にかけよった。地面近《じめんちか》くまで枝《えだ》がはり出《だ》しているところをのぞくと、そこに、子《こ》どもが通《とお》れるくらいの割《わ》れめが見《み》えた。

「あったわ！『**岩《いわ》の割《わ》れめは　枝《えだ》の下《した》**』！」

「よし！　中《なか》にはいってみよう」

ふたりは、からだをななめにして、岩《いわ》の割《わ》れめにはいっていった。

外《そと》からの光《ひかり》が届《とど》かなくなったところで、ジャックが懐中電灯《かいちゅうでんとう》をつけると、ほのかにクリーム色《いろ》の石壁《いしかべ》が浮《う》かびあがった。

（これが、ガストンさんが言《い》ってた、石灰岩《せっかいがん》の採掘場《さいくつじょう》あとか……）

そのとき、ほそ長《なが》い洞窟《どうくつ》の奥《おく》から、かわいらしい歌声《うたごえ》が聞《き》こえてきた。

　きらきら光《ひか》る　お空《そら》の星《ほし》よ……

ジャックとアニーは、顔《かお》を見合《みあ》わせると、さらに奥《おく》へ奥《おく》へと進《すす》んでいった。

ほそ長《なが》いトンネルを抜《ぬ》けると、ろうそくがともされた広《ひろ》い場所《ばしょ》に出《で》た。

そこで、十人《じゅうにん》ほどの子《こ》どもたちが、歌《うた》をうたっていた。

こちらに背《せ》を向《む》けて指揮《しき》をしている、長《なが》い黒髪《くろかみ》の少女《しょうじょ》は――

「キャスリーン！」

その声《こえ》に、少女《しょうじょ》がはっとふり向《む》いた。おどろきに目《め》を見開《みひら》いている。

ジャックとアニーは、キャスリーンのもとにかけよった。

キャスリーンの目《め》に、みるみる涙《なみだ》があふれた。

「……ジャック、アニー、ああ、来《き》てくれたのね！」

キャスリーンは、つかれきっているように見《み》えた。かつて美《うつく》しく波《なみ》うっていた黒髪《くろかみ》は、くしゃくしゃにもつれ、からまっている。

「でも、あなたたちが、どうしてここに？　テディはどうしたの？」

ジャックが説明《せつめい》した。

「テディは、キャスリーンの手紙《てがみ》の暗号《あんごう》が解読《かいどく》できなくて、ぼくたちを呼《よ》んだんだ。

それで、ぼくたちが来《き》たんだよ」

「テディは、今晩《こんばん》、飛行機《ひこうき》でむかえに来《き》てくれるわ」アニーがつけくわえた。

気《き》がつくと、ジャックとアニーは、小《ちい》さな子《こ》どもたちに取《と》りかこまれていた。

「お兄《にい》さんたち、だれ?」

「どこから、来《き》たの?」

「いっしょにとまる?」

子《こ》どもたちは、三《さん》、四歳《よんさい》で、みなぼろぼろの服《ふく》を着《き》て、足《あし》もとははだしだ。

ジャックはたじたじとなりながら、キャスリーンにたずねた。

「こ、この子《こ》たちは? キャスリーンが、この子《こ》たちの世話《せわ》をしているの?」

「ええ。わたしと、サラとソフィーの姉妹《しまい》で」

そう言《い》って、キャスリーンは、すこし背《せ》の高《たか》い、ふたりの女《おんな》の子《こ》をふりかえった。

七歳《ななさい》か八歳《はっさい》くらいに見《み》える。

サラとソフィーが、はずかしそうに会釈《えしゃく》した。

キャスリーンが、ジャックとアニーを、みんなに紹介《しょうかい》する。

「このふたりは、わたしのお友《とも》だちの、ジャックとアニーよ。わたしたちのために、とても遠《とお》いところから来《き》てくれたの！」

つぎに、ジャックたちに向《む》かって、子《こ》どもたちを紹介《しょうかい》した。

「この子《こ》はソリー。この子《こ》はエティ……」

キャスリーンが名《な》まえを言《い》うあいだも、子《こ》どもたちはジャックたちに群《むら》がり、口々《くちぐち》に質問《しつもん》をあびせた。

「遠《とお》いところって、どこ？」

「ねえねえ、とまっていく？」

全員《ぜんいん》を紹介《しょうかい》しおわったキャスリーンが、子《こ》どもたちにやさしく声《こえ》をかけた。

「みんな。おしゃべりは、ちょっとおやすみ」

子《こ》どもたちは、すぐに静《しず》かになった。

キャスリーンが、落《お》ちついた声《こえ》で言《い》った。

「ジャックとアニーとは、あとでまた、お話《はな》ししましょう。さあ、みんなは、お昼寝《ひるね》

の時間《じかん》よ。サラとソフィーといっしょに、毛布《もうふ》のところへ行《い》って」

サラとソフィーにうながされ、子《こ》どもたちは、洞窟《どうくつ》の奥《おく》の、床《ゆか》にしかれた毛布《もうふ》の上《うえ》に横《よこ》になった。

子《こ》どもたちが落《お》ちつくと、アニーが小声《こごえ》でたずねた。

「キャスリーンは、ずっとこの洞窟《どうくつ》にいたの？　あの子《こ》たちといっしょに？」

「ええ、昼間《ひるま》はここにかくれていて、暗《くら》くなったら、母屋《おもや》の天井裏《てんじょううら》にそっと移動《いどう》するの。母屋《おもや》ではきれいな井戸水《いどみず》が飲《の》めるし、トイレがまだ使《つか》えるから。ろうそくもたくさんあって、助《たす》かっているわ。

わたしが外《そと》へ食料《しょくりょう》を集《あつ》めに行《い》っているあいだは、サラとソフィーが、子《こ》どもたちのめんどうを見《み》てくれるの。食《た》べ物《もの》は、農家《のうか》の畑《はたけ》から、もらってもよさそうなものを取《と》ってきたり、パン屋《や》さんから、売《う》れ残《のこ》ったパンをいただいたりしてるの……。

夜《よ》が明《あ》けるまえに、みんなでここにもどって、夕方《ゆうがた》まで歌《うた》をうたったり、わたしがお話《はなし》を聞《き》かせたり、ゲームをしたり、お昼寝《ひるね》をしたりして過《す》ごしているのよ」

「どうして、かくれていなければならないの？」と、アニー。

「あの子《こ》たちは全員《ぜんいん》、ユダヤ人《じん》なの。胸《むね》に、ダビデの星《ほし》のマークがついているでしょう？　あれは、ナチスがつけさせた、ユダヤ人《じん》であるというしるし。もし、いま、ナチスに見《み》つかったら、みんな強制収容所《きょうせいしゅうようじょ》に送《おく》られて、殺《ころ》されてしまうわ」

ジャックは、あらためて子《こ》どもたちを見《み》た。衣類《いるい》の胸《むね》に、黄色《きいろ》い星《ほし》のマークが縫《ぬ》いつけられている。

キャスリーンがつづけた。

「三週間《さんしゅうかん》まえに、わたしが特殊作戦執行部《とくしゅさくせんしっこうぶ》から受《う》けた任務《にんむ》は、サラとソフィーをイギリスへ脱出《だっしゅつ》させることだったの」

「なぜ、あのふたりを？」と、ジャック。

「ふたりの両親《りょうしん》は、ユダヤ人《じん》の優秀《ゆうしゅう》な科学者《かがくしゃ》で、ナチスの収容所《しゅうようじょ》へ送《おく》られる途中《とちゅう》に救《きゅう》出《しゅつ》されて、イギリスに亡命《ぼうめい》したの。サラとソフィーは行方不明《ゆくえふめい》になっていたのだけど、この町《まち》の孤児院《こじいん》にいることがわかったわ。それで、救出《きゅうしゅつ》してイギリスへつれていくために、わたしが派遣《はけん》されたのよ。ところが、来《き》てみたら、院長《いんちょう》たちはいなくなっていて、おきざりにされた子《こ》どもたちは、食《た》べ物《もの》もなく、泣《な》いていたわ。わたしは、サラたちだけをつれ出《だ》すわけにはいかなかった」

「そうだったの……」アニーが涙《なみだ》ぐんだ。

「みんなで安全《あんぜん》にかくれられる場所《ばしょ》を、必死《ひっし》でさがしたわ。そして、ようやくここが見《み》つかったの。でも、気《き》づいたら、わたしはいつのまにか、魔法《まほう》が使《つか》えなくなっていた……。魔法《まほう》が使《つか》えれば、子《こ》どもたちの姿《すがた》を見《み》えなくするとか、鳥《とり》に変身《へんしん》させて海《うみ》をわたるとか、いろんなことができるのに。それで、テディに手紙《てがみ》を書《か》いて、伝書鳩《でんしょばと》を飛《と》ばしたの。ちゃんと届《とど》いてよかったわ！　魔法《まほう》の杖《つえ》を持《も》ってきてくれたんでしょう？」

キャスリーンが、期待《きたい》をこめてジャックを見《み》た。

ジャックは、思《おも》わず、目《め》をそらせた。

「キャスリーン、ごめん。杖《つえ》はないんだ。ぼくたち、杖《つえ》をあずかるのをわすれてしまって……。飛行機《ひこうき》から飛《と》びおりる直前《ちょくぜん》に思《おも》いだしたんだけど、間《ま》にあわなかった」

キャスリーンの顔《かお》が、みるみる青《あお》ざめた。

「杖《つえ》がない……？」声《こえ》がふるえている。

「ああ、テディったら！　そのために、手紙《てがみ》を送《おく》ったのに……。魔法《まほう》なしで、この子《こ》たちみんなを、どうやって守《まも》ればいいの？　このかくれ家《が》だって、いつまで安全《あんぜん》かわからないのに……」

　そのことばを聞《き》いて、ジャックは重要《じゅうよう》なことを思《おも》いだした。

「いや、どのみち、もうここにはいられない。今夜《こんや》、連合軍《れんごうぐん》の総攻撃《そうこうげき》がはじまるんだ。ノルマンディーははげしい戦場《せんじょう》になるんだよ。だから、ぼくたち全員《ぜんいん》、今日《きょう》じゅうに、フランスを脱出《だっしゅつ》しなくちゃいけないんだ」

　キャスリーンがさけんだ。

「でも、魔法《まほう》もなしに、脱出《だっしゅつ》するなんて無理《むり》よ！」

　すると、アニーが言《い》った。

「魔法《まほう》がないからって、あきらめることないわ。ルカとテオも言《い》ってる――『**希望《きぼう》と勇気《ゆうき》をもて　勝利《しょうり》は近《ちか》い！**』って。わたしたちはひとりじゃない。希望《きぼう》と勇気《ゆうき》をもって、みんなで脱出計画《だっしゅつけいかく》を立《た》てるのよ！」

脱出計画《だっしゅつけいかく》

「まずは、テディへの連絡《れんらく》ね」

アニーが、きびきびと言《い》った。

「キャスリーン。テディには、『ビエビルという町《まち》の、教会《きょうかい》のそばの草地《くさち》に、今日《きょう》の夕方暗《ゆうがたくら》くなったころむかえに来《き》て』って、連絡《れんらく》してあるの。だけど、テディの飛行機《ひこうき》は小《ちい》さいから、もっと大《おお》きい飛行機《ひこうき》で来《き》てくれるように、伝《つた》えなくちゃいけないわ」

その問題《もんだい》には、ジャックがこたえた。

「レストランのシルビィさんに、無線連絡《むせんれんらく》をたのもう」

「あっ、そうね。これでひとつ解決《かいけつ》！　じゃ、つぎは、ここからビエビルまで、どうやって、全員《ぜんいん》で、だれにも気《き》づかれずに移動《いどう》するか」

「それは難問《なんもん》だぞ……」ジャックは考《かんが》えこんだ。

「ぼくたち、カーンまで、牛乳《ぎゅうにゅう》を運《はこ》ぶトラックの荷台《にだい》にかくれてきた。ああいうトラックがあれば、荷台《にだい》に子《こ》どもたちをかくして運《はこ》べるんだけど……」

キャスリーンが顔《かお》をあげた。

「それなら、パン屋《や》さんの配達用《はいたつよう》トラックがあるわ！　わたしが毎晩《まいばん》、売《う》れ残《のこ》りのパンをこっそりもらいに行《い》くパン屋《や》さんよ。いつも店《みせ》の裏手《うらて》に、トラックがおきっぱなしにしてあるの――しかも、キーをつけたままで」

「そのトラックをだれに運転《うんてん》してもらうか、だな。パン屋《や》さんは協力《きょうりょく》してくれる？」

キャスリーンは、うなだれた。

「ごめんなさい……パン屋《や》さんの顔《かお》を知《し》らないの」

すると、アニーが言《い》った。

「お兄《にい》ちゃんが運転《うんてん》すればいいじゃない」

「ぼくが？」

「そう、お兄《にい》ちゃんが」

「できるわけないだろ」ジャックは、両手《りょうて》をふった。

「できないわけないわ」

アニーは断言《だんげん》すると、キャスリーンに向《む》かって言《い》った。

「お兄《にい》ちゃんは、運転免許《うんてんめんきょ》は持《も》ってないけど、ときどき、ひいおじいちゃんの農場《のうじょう》で、古《ふる》いトラックを運転《うんてん》させてもらってるの。これが、けっこうじょうずなのよ」

それを聞《き》いて、キャスリーンの青《あお》い目《め》が、きらきらと輝《かがや》きだした。

「ふたりとも、すごいわ！　わたし、サラとソフィーに話《はな》してくる。いそいで出発《しゅっぱつ》の準備《じゅんび》をするわね！」

キャスリーンが行《い》ってしまうと、ジャックは、アニーにつめよった。

「アニー、無茶言《むちゃい》うな！　ここは、ナチス・ドイツに占領《せんりょう》されてるフランスなんだぞ！　ひいおじいちゃんの農場《のうじょう》で好《す》き勝手《かって》に運転《うんてん》するのとは、わけがちがう！」

「だったら、ほかに方法《ほうほう》がある？　無茶《むちゃ》でもなんでも、やらなくちゃいけないのよ。みんなの命《いのち》がかかってるんだから！」

ジャックは、ぐっとことばにつまった。

（ぼくがやらなかったら、みんなは脱出《だっしゅつ》できない。今晩《こんばん》には、総攻撃《そうこうげき》がはじまってしまう。そうしたら、もうどこへも逃《に》げられないんだ。だけど――ああ、やっぱり、ぼくには無理《むり》だよ……）

ジャックは、決心《けっしん》がつかなかった。

そこへ、キャスリーンが、ろうそくを持《も》ってもどってきた。

「サラとソフィーに、子《こ》どもたちの用意《ようい》をたのんだわ。テディへの無線連絡《むせんれんらく》をたのみに行《い》くのは、アニーにおねがい。ジャックとわたしは、パン屋《や》さんへトラックを取《と》りに行《い》きましょう」

さっきまで弱気《よわき》だったキャスリーンが、てきぱきと行動《こうどう》するのを見《み》て、ジャックはほっとした。

（これで、キャスリーンに魔法《まほう》の力《ちから》がもどってくれたらいいのに……）

三人《さんにん》が外《そと》に出《で》ると、日《ひ》がかなり傾《かたむ》いていた。

屋敷《やしき》の玄関《げんかん》まで来《き》たところで、キャスリーンが言《い》った。

「アニーは先《さき》に行《い》って。三人《さんにん》で外《そと》を歩《ある》くのはあぶないわ。ナチスは、集団行動《しゅうだんこうどう》をひどく警戒《けいかい》するから」

「それじゃ、先《さき》に行《い》くわね。もどってきたら、ここで待《ま》ってる」

アニーが、門《もん》に向《む》かってかけだしていった。

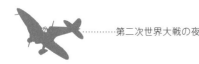

じっとだまっているジャックに、キャスリーンが静《しず》かに語《かた》りはじめた。

「わたし、この二週間《にしゅうかん》ほど孤独《こどく》だったことはないわ。魔法《まほう》の力《ちから》をなくし、なにもできない自分《じぶん》が悲《かな》しくて、腹《はら》が立《た》った。もしもあの子《こ》たちを守《まも》れなかったら、と思《おも》うと、不安《ふあん》でたまらなかった。あなたたちの顔《かお》を見《み》たとき、どんなにうれしかったか……。来《き》てくれて、ほんとうにありがとう」

ジャックは、胸《むね》がしめつけられた。

「ぼくたち、まだなんの役《やく》にも立《た》ってない」

キャスリーンが首《くび》をふって言《い》った。

「ううん。どんな困難《こんなん》があっても乗《の》りこえようとするあなたたちは、ほんとうに立派《りっぱ》よ。ふたりを見《み》ていたら、わたしも、希望《きぼう》と勇気《ゆうき》が湧《わ》いてきたわ。三人《さんにん》で、がんばりましょう！」

それを聞《き》いて、ジャックは心《こころ》を決《き》めた——キャスリーンのためならなんでもしよう。それが、パン屋《や》のトラックを運転《うんてん》することだって。

アニーのうしろ姿《すがた》が門《もん》の外《そと》に消《き》えたのを見《み》て、キャスリーンが言《い》った。

「さあ、わたしたちも行《い》きましょう。パン屋《や》さんはこっちよ」

通《とお》りに面《めん》したパン屋《や》は、すでに閉店《へいてん》していた。

「トラックは、いつも、裏《うら》に止《と》めてあるの」

あたりにだれもいないのを確《たし》かめ、ふたりは店《みせ》の裏《うら》にまわった。

そこには、クリーム色《いろ》のトラックがおいてあった。〈ラ・バゲット〉という店《みせ》の名《な》まえが、大《おお》きく書《か》かれている。

ドアハンドルに手《て》をかけると、ドアはあっさり開《ひら》いた。

運転席《うんてんせき》のまえを見《み》ると、キャスリーンの言《い》ったとおり、キーがささったままだ。

ジャックは運転席《うんてんせき》に乗《の》りこみ、ひいおじいちゃんにならったことを思《おも》いだしながら、ハンドル、ギアシフトレバー、アクセル、ブレーキ、クラッチのペダルを確認《かくにん》する。

それから、ジャックは、キャスリーンをふりかえった。

「ひいおじいちゃんのトラックとおなじだ」

「よかった！」キャスリーンが、きらきらした笑顔《えがお》で言《い》った。

「ジャック、紙《かみ》とペンを持《も》ってる？　お店《みせ》の人《ひと》に、書《か》きおきを残《のこ》したいの」

ジャックが、リュックからノートとえんぴつを出《だ》してわたすと、キャスリーンはメモを書《か》いた。

トラックをだまっておかりして、ごめんなさい。
ビエビルの教会《きょうかい》のそばに、とめておきます。

ジャックがうなずくと、キャスリーンはそのページをやぶり、ふたつ折《お》りにして、店《みせ》の裏口《うらぐち》のドアのすきまにさし入《い》れた。

キャスリーンが、助手席《じょしゅせき》に乗《の》りこんできた。

ジャックはもう一度《いちど》、アクセル、ブレーキ、クラッチのペダルを確認《かくにん》し、ギアシフトレバーに手《て》をおいた。農場《のうじょう》のトラックを運転《うんてん》したときの感覚《かんかく》がよみがえる。

「エンジン始動《しどう》!」

ジャックはキーをまわした。ところが、クラッチをつなぐタイミングが悪《わる》く、すぐにガクンガクンと振動《しんどう》して、エンジンが止《と》まってしまった。

「ごめん。やりなおし！」

ブルルル……！　つぎはうまくいって、トラックは、ゆっくりと走《はし》りだした。

ジャックはすぐに運転《うんてん》に慣《な》れ、気《き》がつくと、屋敷《やしき》のまえまで来《き》ていた。

ジャックがトラックからおりると、待《ま》っていたアニーが飛《と》びだしてきた。

「お兄《にい》ちゃん、ほんとうに運転《うんてん》してきた！　すごい！　信《しん》じられない！」

ジャックは、肩《かた》をすくめ、「どうってことないよ」とこたえた。

キャスリーンがみんなをむかえに行《い》っているあいだに、ジャックがたずねた。

「アニー、シルビィさんに、なんて打《う》ってもらったの？」

「『**ユニコーンは、仔馬《こうま》を十頭《じっとう》つれている**』って」

「なるほど、それはいいね。あっ、みんなが出《で》てきた」

キャスリーン、サラ、ソフィーが、小《ちい》さな子《こ》どもたちをつれて、洞窟《どうくつ》から出《で》てきた。

子《こ》どもたちは、トラックを見《み》ると、大《おお》よろこびでかけよった。

「はいはい。みんな、一列《いちれつ》にならんで」

ジャックは、順番《じゅんばん》に子《こ》どもたちを抱《だ》きあげて、荷台《にだい》に乗《の》せていった。

La Baguette

全員《ぜんいん》が乗《の》ったところで、キャスリーンが、ひとりひとりの名《な》まえを呼《よ》んで確認《かくにん》した。

「よし！　出発《しゅっぱつ》だ！」

ジャックが運転席《うんてんせき》に乗《の》りこみ、アニーとキャスリーンが助手席《じょしゅせき》にすわった。

「子《こ》どもたち、ドライブに行《い》くと思《おも》って、大《おお》はしゃぎよ！」と、アニー。

キャスリーンも、ほおを紅潮《こうちょう》させて言《い》った。

「荷台《にだい》に、今日《きょう》のパンが残《のこ》っていたの。みんな、よろこんで食《た》べているわ」

ジャックは、パン屋《や》の主人《しゅじん》に、心《こころ》の中《なか》でなんども礼《れい》を言《い》った。

（ありがとうございます！　このご恩《おん》は、ぜったいにわすれません）

運転席《うんてんせき》のうしろの仕切《しき》りを通《とお》して、子《こ》どもたちの声《こえ》が聞《き》こえてくる。

「パン、おいしいね！」

「でも、ちょっとかたい」

「でも、おいしい！」

それを聞《き》きながら、ジャックは、かたく心《こころ》に誓《ちか》った。

（なにがあっても、この子《こ》たちの命《いのち》はぜったいに守《まも》るぞ！）

検問《けんもん》

キャスリーンが、地図《ちず》を広《ひろ》げて、アニーに見《み》せた。

「これは、特殊作戦執行部《とくしゅさくせんしっこうぶ》が持《も》たせてくれた、ノルマンディーの地図《ちず》よ」

ふたりが、地名《ちめい》を確認《かくにん》しながら、ルートをさがす。

「モンドビルがここで、ビエビルはここだから……こう行《い》って、こう行《い》けばいいわね」

ジャックは、深呼吸《しんこきゅう》すると、エンジンをかけ、車《くるま》を発進《はっしん》させた。

「ロシュ通《どお》りに出《で》たら、右《みぎ》よ」アニーがジャックに伝《つた》えた。

すこし行《い》くと、キャスリーンが言《い》った。

「つぎの交差点《こうさてん》を左《ひだり》。カルメット通《どお》りにはいって……」

キャスリーンとアニーが、地図《ちず》を見《み》ながらかわるがわる指示《しじ》を出《だ》す。

だが、大《おお》きな街道《かいどう》に出《で》てしばらく走《はし》ると、渋滞《じゅうたい》になってきた。

「ナチスの検問《けんもん》よ」

キャスリーンが、張《は》りつめた声《こえ》で言《い》った。

「でも、ぜんぶの車《くるま》を調《しら》べているわけじゃないみたい。だまって行《い》かせている車《くるま》もあるわ」

見《み》ると、銃《じゅう》を持《も》ったナチスの兵士《へいし》が、二《に》、三台《さんだい》に一台《いちだい》ほどの割合《わりあい》で、車《くるま》を止《と》めては運転席《うんてんせき》をのぞきこんでいる。トランクを調《しら》べられている車《くるま》もある。

ジャックは動揺《どうよう》した。止《と》められて、荷台《にだい》のドアを開《あ》けられたら……。

キャスリーンが、荷台《にだい》とのあいだの仕切《しき》りをたたき、明《あか》るい声《こえ》で言《い》った。

「みんな、ゲームをしましょうか。いまから、わたしがいいと言《い》うまで、目《め》をつぶって、ひとこともしゃべらなかった子《こ》が勝《か》ちよ。用意《ようい》……はじめ！」

荷台《にだい》がシーンと静《しず》まりかえった。

ハンドルを持《も》つジャックの手《て》がふるえる。

それを見《み》たキャスリーンが、声《こえ》をかけた。

「ジャック、パン屋《や》さんになりきるのよ。あなたは、毎日《まいにち》パンを配達《はいたつ》しているの」

だが、検問《けんもん》に引《ひ》っかかれば、運転免許証《うんてんめんきょしょう》を見《み》せろと言《い》われるにちがいない。

「む、む、無理《むり》だ……子《こ》どもだって、ばれちゃうよ」

ふいにキャスリーンが、自分《じぶん》の両手《りょうて》を見《み》つめて声《こえ》をあげた。

「ああっ……！」

「なに？　どうしたの？」ジャックはあわてた。

「なんだか、魔法《まほう》の力《ちから》が、もどってきたみたい。いい呪文《じゅもん》を思《おも》いだしたの」

「どんな呪文《じゅもん》？」と、アニー。

「外《そと》からはわたしたちが見《み》えなくなる呪文《じゅもん》よ」

「ほ、ほんと？」ジャックの声《こえ》がひっくりかえった。

「ほんとよ。ジャックは、まっすぐまえを向《む》いて運転《うんてん》してて」と、キャスリーン。

「よ、よし、わかった！」

ジャックは、まえを見《み》て、ハンドルをにぎりしめた。

キャスリーンが目《め》を閉《と》じ、静《しず》かに呪文《じゅもん》をとなえはじめる。

よき力《ちから》　光《ひかり》の力《ちから》よ　われらをつつみ
悪《あ》しきものの目《め》より　われらをかくせ

検問《けんもん》に近《ちか》づいてきた。ナチスの兵士《へいし》が笛《ふえ》を鳴《な》らし、二《ふた》つまえの車《くるま》を止《と》めた。

キャスリーンが、小声《こごえ》でささやいた。

「魔法《まほう》はうまくいったわ。このトラックはもう、外《そと》から見《み》えない。ジャック、まえの車《くるま》が動《うご》いたら、うしろについてそのまま進《すす》んでちょうだい」

二《ふた》つまえの車《くるま》の検問《けんもん》がおわり、ナチスの兵士《へいし》が、ライトをふりあげた。

ドクン！　心臓《しんぞう》が鳴《な》る。ジャックは息《いき》を止《と》めて、トラックを発進《はっしん》させようとした。

だが、緊張《きんちょう》のあまりギアをまちがえ、またもエンジンが止《と》まってしまった！

ジャックは、いそいでエンジンをかけなおし、ギアを入《い》れ、ゆっくりと走《はし》りだす。

兵士《へいし》は、パン屋《や》のトラックには目《め》もくれずに、つぎの車《くるま》を停車《ていしゃ》させた。

しばらく走《はし》ったところで、アニーがはーっと息《いき》をはきだして言《い》った。

「ああ、ドキドキした！　キャスリーン、すごいわ。どうもありがとう！」

「どういたしまして。さあ、地図《ちず》、地図《ちず》」

キャスリーンが、地図《ちず》を確認《かくにん》してから、うしろを向《む》いて荷台《にだい》に声《こえ》をかけた。

「みんな、ゲームはここまで！　全員《ぜんいん》の勝《か》ちよ！」

フランス脱出《だっしゅつ》！

検問《けんもん》を通過《つうか》したあとも、ジャックはずっとおしだまっていた。ひとことでもしゃべったら、魔法《まほう》がとけてしまうような気《き》がして、声《こえ》を出《だ》すのがこわかったのだ。

ひたすらまえを見《み》て運転《うんてん》するジャックに、アニーが声《こえ》をかける。

「お兄《にい》ちゃん、もうすこし行《い》ったところを、右折《うせつ》よ」

ジャックは、だまってうなずいた。

「あそこ！」アニーが、前方《ぜんぽう》の交差点《こうさてん》を指《ゆび》さした。

右折《うせつ》するとすぐに、〈ビエビル〉の表示板《ひょうじばん》があった。

「ビエビルに着《つ》いたわ！　あっ、ほら、あの教会《きょうかい》！」

夕暮《ゆうぐ》れの空《そら》に、教会《きょうかい》の白《しろ》い塔《とう》が、すらりとのびている。

教会《きょうかい》の裏手《うらて》の草地《くさち》が見《み》えてきた。

「キャスリーン。テディには、あの草地《くさち》に、むかえに来《き》てもらうことになってるの」

すると、キャスリーンが言《い》った。

「トラックは、道路《どうろ》から見《み》えないように、あの教会《きょうかい》の裏《うら》に止《と》めましょう」

ジャックは、（このトラックは、外《そと》から見《み》えないはずなのに？）と思《おも》ったが、だまって言《い》われるとおりにした。

教会《きょうかい》の裏《うら》にトラックを止《と》め、エンジンを切《き》ると、アニーとキャスリーンが手《て》をたたいてさけんだ。

「無事《ぶじ》に到着《とうちゃく》！　ばんざーい！」

「すごいわ、ジャック！　お手柄《てがら》よ！」

ジャックは、ふうーと息《いき》をはき出《だ》すと、ようやく口《くち》を開《ひら》いた。

「いや……。キャスリーンの魔法《まほう》のおかげだよ」

すると、キャスリーンは急《きゅう》に下《した》を向《む》いて、もぞもぞと言《い》った。

「あ、あの、じつは、魔法《まほう》なんてかかってなかったの。ジャックが落《お》ちついて運転《うんてん》してくれれば、ナチスの注意《ちゅうい》を引《ひ》かずに通過《つうか》できると思《おも》って、ついうそを……」

「それじゃ、魔法《まほう》の力《ちから》は……」

「まだもどらないの。ごめんなさい……」

ジャックは、なんと言《い》っていいかわからなかった。

あたりは静《しず》まりかえっていた。道路《どうろ》を走《はし》る車《くるま》もない。三人《さんにん》は、そっとトラックをおりた。

空《そら》にはまだ明《あか》るさが残《のこ》っていたが、東《ひがし》の森《もり》の上《うえ》に、月《つき》がのぼってきた。

荷台《にだい》のドアを開《あ》けると、子《こ》どもたちはぐっすり眠《ねむ》っていた。

「飛行機《ひこうき》が来《く》るまで、子《こ》どもたちを、教会《きょうかい》の中《なか》にかくしましょう」

キャスリーンはそう言《い》うと、寝《ね》ている子《こ》どもたちにやさしく声《こえ》をかけた。

「さあさ、みんな。起《お》きてちょうだいな……」

子《こ》どもたちを教会《きょうかい》の中《なか》につれていき、いすにすわらせると、キャスリーンは歌《うた》をうたって、みんなを落《お》ちつかせた。

ジャックがアニーにささやいた。

「ぼくたちは、外《そと》のようすを見《み》てこよう」

テディが伝言《でんごん》をちゃんと受《う》けとってくれていれば、むかえの飛行機《ひこうき》は、まもなく到《とう》着《ちゃく》するはずだ。

ふいに、ジャックは、なん本《ぼん》もの光《ひかり》の帯《おび》が、空《そら》に向《む》かってのびているのに気《き》づいた。光《ひかり》の帯《おび》は、なにかをさがすように、暗《くら》い空《そら》をせわしなく動《うご》きまわっている。

ジャックがさけんだ。

「サーチライトだ！　ナチスが、連合軍《れんごうぐん》の飛行機《ひこうき》をさがしている！」

「そ、そんな……テディの飛行機《ひこうき》は、だいじょうぶなの？」と、アニー。

「だいじょうぶじゃないよ！　もし見《み》つかったら撃《う》ちおとされてしまう！」

ふたりは、教会《きょうかい》の中《なか》にかけこんだ。

「キャスリーン！　ちょっと来《き》て」

キャスリーンが、子《こ》どもたちをその場《ば》に残《のこ》して、走《はし》ってきた。

「どうしたの？　なにかあった？」

「ナチスが、サーチライトで空《そら》を照《て》らしてる。テディの飛行機《ひこうき》があぶない」

キャスリーンは、ジャックたちをおしのけるようにして、外《そと》へ走《はし》りでた。

北《きた》の空《そら》が、まるでライトを浴《あ》びた舞台《ぶたい》のように、明《あか》るく照《て》らしだされている。

「どんなに腕《うで》のいいパイロットでも、この光《ひかり》の中《なか》を飛《と》ぶのは……」

ジャックのことばを、アニーがさえぎった。

「お兄《にい》ちゃん！　見《み》て！」

見《み》ると、草地《くさち》に、一台《いちだい》の飛行機《ひこうき》がとまっていた。プロペラが、機体《きたい》のまえと、片方《かたほう》の翼《つばさ》に二《ふた》つずつ、あわせて四《よっ》つついている。二十人《にじゅうにん》は乗《の》れそうな大《おお》きさだ。

「い、いつ、来《き》たのかしら……」とキャスリーン。

「さっきぼくたちが見《み》たときは、いなかったよ」と、ジャック。

「音《おと》も聞《き》こえなかったわ」アニーも言《い》った。

「それより、この飛行機《ひこうき》は、味方《みかた》？　それとも……」

そのとき、後部《こうぶ》ドアが開《ひら》いて、飛行服《ひこうふく》を着《き》た少年《しょうねん》が、草地《くさち》にひょいと飛《と》びおりた。

こちらに向《む》かって歩《ある》いてくる。

「テディ！」アニーがさけんだ。

「えっ、テディ？」キャスリーンとジャックも、少年《しょうねん》を見《み》つめた。

「やあっ、お待《ま》たせ！」テディが、そばかす顔《がお》でにっこり笑《わら》った。

「無線《むせん》の伝言《でんごん》が、ちゃんと届《とど》いたのね。よかった！」と、アニー。

「ばっちり届《とど》いたよ。教《おし》えてくれてありがとう」

あいさつもそこそこに、ジャックが、声《こえ》をひそめて言《い》った。

「テディ！　今夜《こんや》の連合軍《れんごうぐん》の総攻撃《そうこうげき》のこと、聞《き》いてる？」

「うん、今朝《けさ》聞いた。それもあって、大《おお》きい飛行機《ひこうき》が用意《ようい》できなくてね。こまってい
たら、知《し》りあいのパイロットが協力《きょうりょく》してくれたんだ！」

「そうか。それにしても、あのサーチライトの中《なか》を、よく抜《ぬ》けてこられたね！」

「音《おと》もぜんぜん聞《き》こえなかったわ」と、アニー。

「それはあとで説明《せつめい》するよ。それより、早《はや》くここから脱出《だっしゅつ》しよう。十頭《じっとう》の仔馬《こうま》ちゃん
は、どこだい？」とテディ。

「こっちよ！」

キャスリーンが、テディの手《て》をつかんで、教会《きょうかい》のほうへ歩《ある》きだした。

「わたし、魔法《まほう》が使《つか》えなくなってしまったときは、ほんとうに、どうしていいかわか
らなかったわ。ここまで来《こ》られたのは、ジャックとアニーのおかげよ！」

すると、テディが得意顔《とくいがお》で言《い》った。

「うん、ふたりならきっと、魔法《まほう》の杖《つえ》を……あっ!!」

テディの顔《かお》から血《ち》の気《け》が引《ひ》いた。そのときはじめて、杖《つえ》をわたしわすれたことに気《き》づいたらしい。

ジャックが、なぐさめるように言《い》う。

「ぼくも、飛行機《ひこうき》から飛《と》びおりる寸前《すんぜん》に、気《き》がついたんだけど、間《ま》にあわなかった。でも、なんとかなったよ」

「ごめん……。みんな、ほんとうにごめん……」テディは、くりかえしあやまった。

教会《きょうかい》にはいると、子《こ》どもたちが集《あつ》まってきた。すぐにテディを取《と》りかこみ、質問《しつもん》ぜめにする。

「あなた、だあれ?」

「いっしょに来《く》るの?」

キャスリーンが、子《こ》どもたちに向《む》かって言《い》った。

「さあ、これから、みんなで飛行機《ひこうき》に乗《の》って、冒険《ぼうけん》に行《い》くのよ。でも、ないしょの冒《ぼう》険《けん》だから、飛行機《ひこうき》に乗《の》るまで、静《しず》かにね!」

子《こ》どもたちは、言《い》うことをきいて、静《しず》かになった。

「それじゃ、お兄《にい》さんやお姉《ねえ》さんと手《て》をつないで」

一行《いっこう》は、月明《つきあ》かりの中《なか》を、飛行機《ひこうき》に向《む》かって歩《ある》いていった。

飛行機《ひこうき》に着《つ》くと、まずキャスリーンが機内《きない》にはいり、テディが抱《だ》きあげる子《こ》どもたちを受《う》けとった。

そのあとにサラとソフィーが乗《の》り、ジャックとアニーが乗《の》ると、最後《さいご》にテディが乗《の》ってドアを閉《し》め、内側《うちがわ》からしっかりロックした。

それを見《み》て、ジャックがたずねた。

「あれっ、テディが操縦《そうじゅう》するんじゃないの？」

すると、テディがこたえた。

「さっき『知《し》りあいのパイロットが協力《きょうりょく》してくれた』って言《い》っただろう？　今日《きょう》はその人《ひと》が操縦《そうじゅう》してくれる。だいじょうぶ。ナチスにはぜったいに見《み》つからないから」

機内《きない》は、にぎやかな子《こ》どもたちの声《こえ》でいっぱいになった。

「ほんとうに、お空《そら》を飛《と》ぶの？」

「どこへ、冒険《ぼうけん》に行《い》くの？」

「ねえ、この人《ひと》だあれ？　キャスリーンのお兄《にい》ちゃん？」

キャスリーンは、無邪気《むじゃき》な子《こ》どもたちの質問《しつもん》に、にこやかにこたえている。

飛行機《ひこうき》は、音《おと》もなくなめらかに滑走《かっそう》し、気《き》がつくと、空中《くうちゅう》を飛《と》んでいた。

ふいに、アニーが言《い》った。

「ちょっと、窓《まど》を開《あ》けていい？」

「だめだよ！　だめに決《き》まってる！」ジャックは、思《おも》わず止《と》めた。

しかし、テディが「この飛行機《ひこうき》は、だいじょうぶだよ」と言《い》って、窓《まど》を開《あ》けた。

エンジン音《おん》のかわりに、ヒューヒューと翼《つばさ》が風《かぜ》を切《き》る音《おと》が聞《き》こえてくる。

アニーは、リュックの中《なか》から、ルカとテオのビラを引《ひ》っぱりだした。

希望《きぼう》と勇気《ゆうき》をもて
勝利《しょうり》は近《ちか》い！

アニーは、そのビラを見《み》つめ、一枚《いちまい》、また一枚《いちまい》と、外《そと》に飛《と》ばしていった。

しかし、ビラは、すぐに底《そこ》をついてしまった。

「ああ……もっとたくさん持《も》ってくればよかった」アニーが、残念《ざんねん》そうにつぶやいた。

それを聞《き》いたキャスリーンが、飛《と》んでいくビラに向《む》かって、呪文《じゅもん》をとなえた。

アイン・ソーラス・ケング・デュラール・アイ・デュー！
アニーの思《おも》いよ　現実《げんじつ》になれ！

ジャックは、目《め》を見張《みは》った。

空《そら》を舞《ま》っていた数枚《すうまい》のビラが、なん十枚《じゅうまい》にも増《ふ》えているではないか。

さらになん百枚《びゃくまい》、なん千枚《ぜんまい》にと増《ふ》えていく。

みんなは、わっと歓声《かんせい》をあげた。

キャスリーンの魔法《まほう》の力《ちから》がもどったのだ！

ルカとテオのビラは、さらに増《ふ》えつづけ、満開《まんかい》の花《はな》びらが風《かぜ》に吹《ふ》かれて散《ち》るように、ひらひらとはためきながら、地上《ちじょう》にふりそそいでいった。

A TOUS LES FRANCAIS
VIVE LA FRANCE!
GENERAL DE GAULLE

パイロットの正体《しょうたい》

みんなを乗《の》せた飛行機《ひこうき》は、ドーバー海峡《かいきょう》をこえ、月明《つきあ》かりに照《て》らされた丘《おか》の上《うえ》を、静《しず》かに飛《と》んでいった。

やがて、グラストンベリーの草原《そうげん》に、ゆっくりと着陸《ちゃくりく》した。

テディが後部《こうぶ》ドアを開《あ》けると、みんなに声《こえ》をかけた。

「さあ、着《つ》いたよ。イギリスへようこそ！」

キャスリーン、ジャック、アニーが、はしごの上《うえ》と下《した》で手《て》をさしのべ、小《ちい》さい子《こ》どもたちをおろした。

テディが言《い》った。

「この子《こ》たちは、ロンドンの孤児院《こじいん》で保護《ほご》することになってる。車《くるま》がむかえに来《き》ているよ。あっちだ」

ジャックたちは、小《ちい》さい子《こ》どもたちを抱《だ》いたり、手《て》を引《ひ》いたりして、車《くるま》が待《ま》つ場所《ばしょ》まで歩《ある》いていった。

アニーに手《て》を引《ひ》かれた女《おんな》の子《こ》が、言《い》った。

「ねえ、アニー。ジャックは、アニーのお兄《にい》ちゃんなの？」

「そうよ。世界一《せかいいち》すばらしいお兄《にい》ちゃんよ」アニーがこたえた。

ジャックに抱《だ》かれた男《おとこ》の子《こ》が、たずねた。

「ねえ、ジャック。ぼくたち、こんどはどこへ行《い》くの？」

「ロンドンっていう、とても大《おお》きな町《まち》だよ」

「ジャックも、いっしょに行《い》く？」

「いや……ぼくとアニーは、アメリカに帰《かえ》るよ」

「アメリカって、どこ？」

「すごく遠《とお》いところ」

「じゃあ、飛行機《ひこうき》で行《い》くの？」

「マジック・ツリーハウスで帰《かえ》るんだよ」

「ふうん……。ぼくも、マジック・ツリーハウス、乗《の》ってみたい」

「いつかアメリカに来《き》たら、遊《あそ》びにおいで」

道路《どうろ》に、黒《くろ》ぬりの自動車《じどうしゃ》が二台《にだい》、止《と》まっていた。

小《ちい》さな子《こ》どもたちが車《くるま》に乗《の》り、つづいて、サラとソフィーが乗《の》ろうとしたとき、キャスリーンが声《こえ》をあげた。

「サラ、ソフィー、待《ま》って！」

そこへ、一台《いちだい》の車《くるま》が、スピードをあげて走《はし》ってきた。

ジャックはとっさに、サラとソフィーを、自分《じぶん》のうしろにかくした。

車《くるま》が止《と》まると、左右《さゆう》のドアがあわただしく開《ひら》いて、人《ひと》が飛《と》びだしてきた。

「サラ！　ああ、ソフィー！」

背《せ》の高《たか》い男女《だんじょ》が、転《ころ》がるように走《はし》ってくる。

「パパ！　ママッ！」

サラとソフィーが、ジャックの手《て》をふりきって、かけだした。

両親《りょうしん》が広《ひろ》げた腕《うで》の中《なか》に、ふたりが飛《と》びこむ。

ナチスによって引《ひ》きさかれ、行方《ゆくえ》もわからなかった家族《かぞく》が、無事《ぶじ》に再会《さいかい》できた――。

四人《よにん》はかたく抱《だ》きあい、声《こえ》をつまらせて泣《な》いていた。

キャスリーンが、ジャックとアニーに向《む》かって言《い》った。

「ジャック、アニー。あなたたちが来《き》てくれなかったら、わたしたちの運命《うんめい》はどうなっていたことか……。ありがとう。ふたりは、わたしのヒーローよ！」

「ぼくは、ヒーローなんかじゃないよ」

首《くび》をふるジャックに、キャスリーンがきっぱりと言《い》った。

「まちがいなく、ジャックはヒーローよ。そして、すばらしい運転手《うんてんしゅ》だわ！」

ジャックは思《おも》わず吹《ふ》きだし、みんなも、声《こえ》をあげて笑《わら》った。

テディが、一歩《いっぽ》まえに進《すす》みでた。

「ジャック、アニー。ぼくたちは、あの子《こ》たちといっしょに行《い》くよ。でもそのまえに、もう一《ひと》つ、することがある」

テディは、ジャックとアニーを、廃墟《はいきょ》につれていった。

「さっきのパイロットが、きみたちに会《あ》いたがってる。すぐそこにいるよ。それじゃ、ぼくはこれで。また会《あ》おう！」

テディはそう言《い》って、待《ま》っている自動車《じどうしゃ》のほうへ走《はし》っていった。

ジャックとアニーは、暗闇《くらやみ》に目《め》をこらした。

廃墟《はいきょ》の石《いし》の上《うえ》に、黒《くろ》っぽいマントを着《き》た男《おとこ》の人《ひと》がすわっているのが見《み》えた。

「マーリン！」アニーがさけんだ。

ふたりは、マーリンのもとに走《はし》りよった。

「ジャック、アニー。こんども、よくやってくれたのう」

「さっきのパイロットは、マーリンだったんですか？」ジャックが聞《き》いた。

「そうじゃよ」

「いつ、飛行機《ひこうき》の操縦免許《そうじゅうめんきょ》を取《と》ったの？」と、アニー。

すると、マーリンが笑《わら》って言《い》った。

「わしは、免許《めんきょ》など持《も》っておらん。そなたたちに必要《ひつよう》な飛行機《ひこうき》を、用意《ようい》しただけじゃ。滑走路《かっそうろ》がなくても離着陸《りちゃくりく》ができて、音《おと》も出《だ》さず、姿《すがた》も見《み》られずに飛《と》べるやつをな」

マーリンが、しみじみと言《い》った。

「戦争《せんそう》は、いつの時代《じだい》も、人々《ひとびと》を苦《くる》しめる」

「そう思《おも》います」ジャックがこたえた。

「人《ひと》が信《しん》じられないのは、つらかったであろう?」

「あんな思《おも》いは、もう二度《にど》としたくないわ」アニーがこたえた。

「罪《つみ》のない者《もの》が、ひどいあつかいをされるところも、目《ま》の当《あ》たりにしたな」

ジャックとアニーは、うなずいた。

「わしも、この時代《じだい》をのぞいてみて、戦争《せんそう》のおそろしさをあらためて知《し》った。そして、こんな戦争《せんそう》は、一刻《いっこく》も早《はや》く終《お》わらせなければいかん、と思《おも》った。それで、テディとキャスリーンを送《おく》りこんだのじゃが、その恐怖《きょうふ》と不安《ふあん》が、キャスリーンの魔法《まほう》の力《ちから》をうばってしまった……」

マーリンが、息《いき》をついてつづけた。

「じゃが、そなたらは、その恐怖《きょうふ》と不安《ふあん》にうち勝《か》ち、キャスリーンを救《すく》ってくれた。わしからも礼《れい》を言《い》いたくて、待《ま》っておったのじゃ。ありがとう」

「どういたしまして」ジャックとアニーは、いっしょにこたえた。

マーリンが、立《た》ちあがった。

「また会《あ》おう。そのときまで元気《げんき》でな。では、さらばじゃ」

そう言《い》うと、マーリンは、立《た》ちのぼる煙《けむり》とともに、夜《よる》の闇《やみ》の中《なか》へと消《き》えていった。

「任務《にんむ》完了《かんりょう》ね」アニーが言《い》った。

「うん。ぼくたちも、帰《かえ》ろう」

ふたりは、マジック・ツリーハウスがのっているカエデの木《き》へ歩《ある》いていった。なわばしごをのぼって、ツリーハウスにはいる。

アニーが、ペンシルベニア州《しゅう》のガイドブックを手《て》に取《と》ったときだった。遠《とお》くからエンジンのうなる音《おと》がひびいてきた。

「アニー、飛行機《ひこうき》だ！」

ふたりは、窓辺《まどべ》にかけよった。

夜空《よぞら》を、なん十機《じっき》もの飛行機《ひこうき》が飛《と》んでいくのが見《み》えた。すぐにそのあとから、さらになん十機《じっき》もの編隊《へんたい》が飛《と》んでいく。

「いよいよ〈ノルマンディー上陸作戦《じょうりくさくせん》〉がはじまったんだ」ジャックがつぶやいた。

アニーが、ガイドブックに指《ゆび》をおいて言《い》った。

「もう戦争《せんそう》はいや。早《はや》く帰《かえ》りたい！　フロッグクリークに、帰《かえ》りたい!!」

そのとたん、風《かぜ》が巻《ま》きおこった。
ツリーハウスが、いきおいよくまわりはじめた。
回転《かいてん》は、どんどんはやくなる。
ジャックは思《おも》わず目《め》をつぶった。
やがて、なにもかもが止《と》まり、静《しず》かになった。
なにも聞《き》こえない。

ジャックは目《め》を開《あ》け、フロッグクリークの森《もり》の空気《くうき》を、胸《むね》いっぱいに吸《す》いこんだ。
服《ふく》は、いつものT《ティー》シャツとジーンズにもどっている。
だが、心《こころ》はどんよりと重《おも》い。
ジャックは、だまってなわばしごをおりた。そのあとに、アニーがつづく。
草《くさ》をふんで歩《ある》きながら、アニーが口《くち》を開《ひら》いた。
「第二次世界大戦《だいにじせかいたいせん》は、あのあと、どうなったの？」
「ノルマンディー上陸作戦《じょうりくさくせん》で、連合軍《れんごうぐん》は、ドイツ軍《ぐん》を撃破《げきは》した。それをきっかけに、流《なが》れが変《か》わり、翌年《よくとし》、ドイツ・イタリア・日本《にっぽん》が降伏《こうふく》した。——そうして、世界《せかい》じゅうを巻《ま》きこんだ戦争《せんそう》は、終《お》わったんだ」

「でもいまは、ドイツもイタリアも日本《にっぽん》も、ほかの国《くに》と仲《なか》よくやっているわ」

「そうだね」

「わたしは、平和《へいわ》がずっとつづいてほしい」

「うん……」

「家族《かぞく》がいっしょにいられて、みんなでごはんが食《た》べられて……」

「好《す》きな本《ほん》が読《よ》めて、自分《じぶん》のベッドで眠《ねむ》れて……」と、ジャックも言《い》った。

ふたりは、家《いえ》のまえに着《つ》いた。

「それに、お兄《にい》ちゃんは、ひいおじいちゃんの農場《のうじょう》で、トラックを運転《うんてん》させてもらえて、でしょう?」

「まだ、とうぶん農場《のうじょう》の中《なか》だけだけどね」

ふたりは笑《わら》いながら、家《いえ》の中《なか》へはいっていった。

お話《はなし》のふろく——第二次世界大戦《だいにじせかいたいせん》の夜《よる》

二《ふた》つの世界大戦《せかいたいせん》

一九一四年《ねん》、ヨーロッパでおきた一《ひと》つの事件《じけん》が、大《おお》きな戦争《せんそう》に発展《はってん》しました。世界《せかい》は、ドイツ、オーストリアを中心《ちゅうしん》とする勢力《せいりょく》と、イギリス、フランス、ロシアなどを中心《ちゅうしん》とする勢力《せいりょく》（連合国《れんごうこく》）にわかれて戦《たたか》い、戦争《せんそう》は約四年《やくよねん》つづきました。これは、人類《じんるい》がはじめて経験《けいけん》した「世界戦争《せかいせんそう》」で、「第一次世界大戦《だいいちじせかいたいせん》」と呼《よ》ばれます。

第一次世界大戦《だいいちじせかいたいせん》に敗《やぶ》れたドイツは、勝《か》った国々《くにぐに》に対《たい》して、巨額《きょがく》の賠償金《ばいしょうきん》を支払《しはら》わなければならず、国民《こくみん》は大《おお》きな犠牲《ぎせい》をしいられました。そこへ「世界恐慌《せかいきょうこう》」という世界的《せかいてき》な不景気《ふけいき》がおこり、ドイツの人々《ひとびと》の暮《く》らしは、さらに悪《わる》くなりました。

そこで「強《つよ》いドイツをつくろう」と主張《しゅちょう》して、人々《ひとびと》の支持《しじ》を得《え》たのが、アドルフ・ヒトラーひきいる「ナチス党《とう》」でした。ヒトラーは、「国《くに》を豊《ゆた》かにするために領土《りょうど》を広《ひろ》げる」と宣言《せんげん》し、隣国《りんごく》オーストリアを併合《へいごう》。さらにチェコスロバキア、ポーランドも占領《せんりょう》しようとしたことから、一九三九年《ねん》、ふたたび世界《せかい》じゅうを巻《ま》きこむ大戦争《だいせんそう》になりました。これが、今回《こんかい》のお話《はなし》の舞台《ぶたい》となった「第二次世界大戦《だいにじせかいたいせん》」です。

ノルマンディー上陸作戦《じょうりくさくせん》

ナチス・ドイツは、まわりの国々《くにぐに》をつぎつぎに占領《せんりょう》。とうとう、ヨーロッパのほとんどが、ドイツに支配《しはい》されてしまいました。

残《のこ》ったイギリスへの攻撃《こうげき》をはじめたナチス・ドイツに対《たい》して、イギリスは、アメリカ、カナダ、オーストラリアや、占領《せんりょう》されたフランスなどでナチスに抵抗《ていこう》する勢力《せいりょく》と連合《れんごう》して、作戦《さくせん》をねりました。

そして一九四四年《ねん》六月六日未明《がつむいかみめい》、連合軍《れんごうぐん》は、フランスのノルマンディー地方《ちほう》に、海《うみ》と空《そら》から大軍《たいぐん》で上陸《じょうりく》します。ドイツ軍《ぐん》の防御《ぼうぎょ》がかたく、連合軍《れんごうぐん》は苦戦《くせん》しますが、七月《しちがつ》末《まつ》、お話《はなし》にも出《で》てくる、ノルマンディーの主要都市《しゅようとし》カーンをようやく解放《かいほう》。八月末《はちがつまつ》、フランスをうばいかえすことに成功《せいこう》しました。

フランスの領土《りょうど》を失《うしな》ったドイツは、急速《きゅうそく》に追《お》いつめられていきます。一九四五年《ねん》、ヒトラーが自殺《じさつ》し、ドイツは降伏《こうふく》しました。

迫害《はくがい》されたユダヤ人《じん》

ヒトラーは、生前《せいぜん》、ナチスに反対《はんたい》する人《ひと》、障害《しょうがい》のある人《ひと》、人種《じんしゅ》のちがう中欧《ちゅうおう》・東欧《とうおう》系《けい》の人《ひと》、ユダヤ人《じん》などをきらい、強制収容所《きょうせいしゅうようじょ》におしこめました。とくにユダヤ人《じん》は、ひとり残《のこ》らず殺《ころ》すよう命令《めいれい》し、五百万人《ごひゃくまんにん》のユダヤ人《じん》が強制収容所《きょうせいしゅうようじょ》で殺《ころ》されました。

このお話《はなし》にも出《で》てくる『アンネの日記《にっき》』は、オランダに住《す》むユダヤ人《じん》の少女《しょうじょ》アンネ・フランクが、かくれ家《が》で息《いき》をひそめて暮《く》らす日々《ひび》をつづった日記《にっき》です。家族《かぞく》は二年間《にねんかん》、かくれつづけましたが、密告《みっこく》され、アンネは強制収容所《きょうせいしゅうようじょ》で死亡《しぼう》しました。

世界大戦《せかいたいせん》と日本《にっぽん》

第一次世界大戦《だいいちじせかいたいせん》で、日本《にっぽん》は、同盟《どうめい》を結《むす》んでいたイギリスを支援《しえん》して戦《たたか》い、連合国《れんごうこく》の勝利《しょうり》に貢献《こうけん》しました。

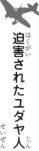

日本《にっぽん》はその後《ご》、軍《ぐん》が力《ちから》をもち、中国大陸《ちゅうごくたいりく》への進出《しんしゅつ》を強引《ごういん》に進《すす》めた結果《けっか》、中国《ちゅうごく》と戦争《せんそう》になり、世界《せかい》からも反感《はんかん》を買《か》うようになりました。

第二次世界大戦《だいにじせかいたいせん》がはじまると、日本《にっぽん》は、ドイツ、イタリアと同盟《どうめい》を結《むす》びます。そして一九四一年《ねん》、中国《ちゅうごく》との戦争《せんそう》をつづけながら、アメリカと開戦《かいせん》。東南《とうなん》アジアでも、アメリカ、イギリス、オランダなどの植民地《しょくみんち》だった国々《くにぐに》を支配《しはい》しようとして、戦争《せんそう》になりました。太平洋《たいへいよう》をかこむ国々《くにぐに》が戦場《せんじょう》になったこれらの戦《たたか》いは、とくに「太平洋戦争《たいへいようせんそう》」と呼《よ》ばれます。しかし、資源《しげん》のない日本《にっぽん》はしだいに追《お》いこまれ、一九四五年《ねん》、ドイツにつづいて日本《にっぽん》も降伏《こうふく》し、第二次世界大戦《だいにじせかいたいせん》は終《お》わりました。

第二次世界大戦《だいにじせかいたいせん》の犠牲者《ぎせいしゃ》は、世界《せかい》じゅうで五千五百万人《ごせんごひゃくまんにん》といわれています。現在《げんざい》の日本《にっぽん》の人口《じんこう》の約半分《やくはんぶん》にあたる人《ひと》たちが、命《いのち》を落《お》としたことになります。

グラストンベリー

グラストンベリーは、いまもイギリス南部《なんぶ》にある農村《のうそん》です。ジャックたちが見《み》た廃墟《はいきょ》は、古《ふる》い修道院《しゅうどういん》のあとです。かつてはヨーロッパでもとくに大《おお》きな修道院《しゅうどういん》で、広《ひろ》い敷地《しきち》に、礼拝堂《れいはいどう》、食堂《しょくどう》、修道僧《しゅうどうそう》の宿舎《しゅくしゃ》など、いくつもの大《おお》きな建物《たてもの》が建《た》っていました。

修道院《しゅうどういん》の廃墟《はいきょ》から、小高《こだか》い丘《おか》が見《み》えます。この丘《おか》こそ、イギリスの伝説《でんせつ》の王《おう》アーサー王《おう》の物語《ものがたり》に出《で》てくる「アバロン島《とう》」だった、と言《い》う人《ひと》もいます。

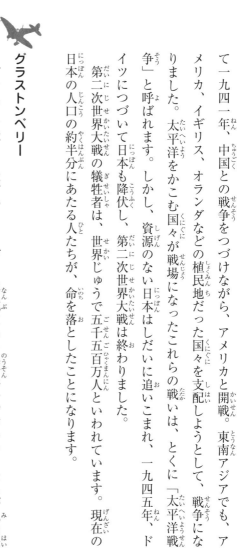

●マジック・ツリーハウス シリーズ　各巻定価：780円（+税）

次回は巨大ザメのお話だよ！

第40巻
2016年6月17日
発売予定

●マジック・ツリーハウス探険ガイド シリーズ

①～⑨巻 定価：700円（+税）　⑩・⑪巻 定価：780円（+税）

来日中の著者

著者：メアリー・ポープ・オズボーン

ノースカロライナ大学で演劇と比較宗教学を学んだ後、世界各地を旅し、児童雑誌の編集者などを経て児童文学作家となる。以来、神話や伝承物語を中心に100作以上を発表し、数々の賞に輝いた。また、アメリカ作家協会の委員長を2期にわたって務めている。コネティカット州在住。

マジック・ツリーハウス・シリーズは、1992年の初版以来、2015年までに55話のストーリーが発表され、いずれも、全米の図書館での貸し出しが順番待ちとなるほどの人気を博している。現在、イギリス、フランス、スペイン、中国、韓国など、世界37か国で翻訳出版されている。

訳者：食野雅子（めしのまさこ）

国際基督教大学卒業後、サイマル出版会を経て翻訳家に。4女の母。小説、写真集などのほかに、ターシャ・テューダー・シリーズ「暖炉の火のそばで」「輝きの季節」「コーギビルの村まつり」「思うとおりに歩めばいいのよ」や「ガフールの勇者たち」シリーズ（以上KADOKAWAメディアファクトリー）など訳書多数。

マジック・ツリーハウス 39

第二次世界大戦の夜

2015年11月20日　初版　第1刷発行
2024年9月30日　　　　第4刷発行

著　者　　メアリー・ポープ・オズボーン
訳　者　　食野雅子
発行者　　山下直久
発行所　　株式会社KADOKAWA
〒102-8177 東京都千代田区富士見2-13-3
電話:0570-002-301(ナビダイヤル)

印刷・製本　株式会社広済堂ネクスト

ISBN 978-4-04-103684-6 C8097　N.D.C.933　160p　18.8cm
Printed in Japan

イラスト　甘子彩菜
装　丁　郷坪浩子
DTPデザイン　出川雄一